Un contrat irrésistible

CATHY WILLIAMS

Un contrat irrésistible

Traduction française de
ANNE DAUTUN

Azur

HARLEQUIN

Collection : Azur

Titre original :
CONTRACTED FOR THE SPARNIARD'S HEIR

HARPERCOLLINS FRANCE
83-85, boulevard Vincent-Auriol, 75646 PARIS CEDEX 13
Service Lectrices — Tél. : 01 45 82 47 47

www.harlequin.fr

ISBN 978-2-2804-1380-0 — ISSN 0993-4448

1.

— Dois-je faire entrer la demoiselle, monsieur ?

Affalé dans son fauteuil pivotant, Luca regarda sa gouvernante, Miss Muller, en attente sur le seuil du bureau.

En un rien de temps, il avait renvoyé la nounou, parlé avec son tout jeune filleul pour découvrir de quoi il retournait et, à présent, il devait passer à la phase trois de son emploi du temps imprévu : la jeune femme qui patientait dans la cuisine. Ah, on pouvait dire que le programme de sa journée était sens dessus dessous !

Il adressa un bref signe d'approbation à Miss Muller. Dotée d'une énergie de sergent-major, elle était l'une des rares à ne pas se laisser intimider par son impérieux patron.

— Veillez à ce que ces satanés chiens de chasse ne la suivent pas jusqu'ici, dit-il d'un ton catégorique. Mettez-les dehors et, s'il pleut, qu'ils se mouillent ! Les chiens sont parés pour ça. Arrangez-vous pour qu'ils ne fassent pas plus de dégâts chez moi.

Dans son bureau privé, doté de l'équipement nécessaire pour garder le contact avec sa myriade d'entreprises aux fuseaux horaires variés, Luca se renversa dans son fauteuil, méditant les événements récents.

Il avait échoué. C'était aussi simple que ça.

De façon inattendue, il avait, six mois plus tôt, « hérité » d'un petit-cousin éloigné âgé de six ans : Jake. Un garçonnet qu'il avait à peine vu quand il avait accepté – avec beaucoup d'insouciance, il le réalisait à présent – d'en devenir le parrain. Luca avait peu de famille et n'entretenait pas de relations régulières avec ses membres, aussi la requête d'un de ses cousins, le père de Jake, lui avait-elle semblé recevable. Flatteuse, même.

Ce cousin était parti chercher fortune au-delà des mers avec une naïveté confondante, persuadé que les rues californiennes étaient bel et bien pavées d'or. Luca avait vite perdu tout contact avec lui. Il menait une existence trépidante, et leurs échanges de mails avaient été rares. Pour ce qui était de son rôle de parrain, Luca s'en était acquitté de façon commode pour sa conscience : en alimentant le compte bancaire qu'il avait ouvert au nom de son filleul peu après le départ de son cousin, de sa jeune épouse et de leur fils pour la Californie.

Il n'avait pas prévu d'avoir à prendre en charge un enfant de six ans, ni qui que ce soit d'autre d'ailleurs. Hélas, le destin ne l'avait pas entendu de cette oreille. Les parents de Jake avaient péri dans un tragique accident, et Luca s'était retrouvé responsable d'un filleul qui ne pouvait avoir aucune place dans son existence frénétique et organisée à l'extrême.

Il avait affronté de son mieux ce problème inattendu ; à sa manière : en ne regardant pas à la dépense. Mais à présent, alors qu'il s'apprêtait à recevoir dans son bureau la jeune femme brune qui avait ramené son filleul à la maison près de deux heures plus tôt, il devait admettre son échec.

Et cet échec était une insulte à sa dignité et à son orgueil. Pire encore, il lui notifiait son manquement à son devoir – qu'il avait endossé avec tant de légèreté en acceptant le rôle de parrain. Une fois qu'il aurait réglé cette fichue affaire, il devrait repenser la situation. Sinon, il encourrait le risque qu'il se produise quelque chose de pire dans un très proche avenir.

Quelle pouvait être la solution au problème ? Luca n'en avait aucune idée précise. Mais il était sûr d'en trouver une. Comme toujours.

*
* *

Debout près du seuil du bureau où l'avait larguée, tel un objet de rebut, la redoutable gouvernante d'âge mûr de Luca Ross, Ellie hésita, ne sachant si elle devait frapper à la porte, pousser le battant entrouvert ou prendre ses jambes à son cou.

Elle refoula à regret cette tentation. Car il pleuvait à verse, et les trois chiens de chasse dont elle avait la garde étaient livrés à quelque morne activité dans le jardin de derrière de cette fabuleuse demeure de Chelsea. Elle ne pouvait pas les abandonner ! Ni la gouvernante peu amène ni son glacial employeur ne semblaient du genre à aimer les animaux. Ils ne se seraient pas gênés pour expédier les chiens dans le foyer d'accueil local en un temps record.

Toujours hésitante, Ellie essaya de ne pas penser à l'individu imposant, intimidant, auquel elle avait brièvement parlé lorsqu'elle avait sonné au portail deux heures plus tôt afin de ramener chez lui un fugueur de six ans.

Elle ignorait de qui le blondinet était le fils, mais elle n'aurait pas imaginé qu'il pouvait avoir pour père l'homme d'une beauté saisissante qui lui avait ouvert. Plus glacial qu'un iceberg, il avait posé les yeux sur elle et les trois chiens, puis avait pris les choses en main de façon péremptoire, l'expédiant dans la cuisine, où elle avait reçu l'ordre de s'asseoir et d'attendre.

Ellie frappa timidement à la porte puis, après une inspiration, entra. À l'image de tout ce qu'elle avait déjà entrevu dans cette demeure, ce bureau respirait le luxe. Elle en capta du regard les gris froids, le marbre, la bibliothèque avec ses tomes professionnels impressionnants. Il y avait au mur un ravissant tableau qu'il lui sembla reconnaître. Sur la paroi opposée, des horloges en enfilade indiquaient toutes une heure différente.

Et derrière le vaste bureau qui accueillait trois ordinateurs se trouvait le redoutable individu qui l'avait reçue…

*
* *

Luca désigna le fauteuil en cuir disposé face à son bureau tout en fixant froidement sa visiteuse.

— Mes excuses pour vous avoir fait attendre.

Lorsqu'elle s'était présentée à sa porte, tenant Jake par la main et, dans son autre main, des laisses reliées à trois chiens de chasse, Luca s'était dit qu'il n'avait jamais vu une telle créature – petite, menue, les cheveux courts, affublée du genre de vêtements qu'il associait aux randonneurs, aux amoureux des grands espaces, catégorie qu'il ne fréquentait guère.

Il avait à peine pu jauger sa silhouette, dissimulée par un ample pull maculé d'empreintes boueuses de pattes de chien. Les jambes du jean qu'elle portait étaient rentrées dans des bottes en caoutchouc tout aussi boueuses, et elle s'était protégée du déluge estival avec un bob en denim par-dessous lequel elle le foudroyait du regard d'un air moralisateur. Bref, pas du tout son genre de femme !

— Asseyez-vous.

— Je ne comprends pas qu'on m'ait retenue ici, monsieur Ross. Ma journée est totalement désorganisée !

— À qui le dites-vous ! Ce bouleversement d'emploi du temps est sûrement beaucoup moins catastrophique pour vous qu'il ne l'est pour moi, mademoiselle… Edwards ? C'est bien ça ? En partant au travail, je ne m'attendais pas à être rappelé ici parce que mon filleul avait fait une fugue.

— Il est heureux que j'aie été là pour le ramener ! lança Ellie.

Elle redressa le menton, bravache, sa fureur ravivée contre cet homme. Il tenait fort mal la barre sur le plan domestique puisque son filleul avait fugué, traversé plusieurs artères principales au péril de sa vie et gagné le parc, où il aurait pu se produire n'importe quoi dans une ville telle que Londres !

Elle préférait être en colère, sinon elle aurait été ramenée à la réalité perturbante : l'homme qui la dévisageait, aussi peu engageant qu'un gardien de prison, était aussi d'une beauté stupéfiante. Son teint bronzé et ses magnifiques yeux bruns révélaient une ascendance étrangère ; ses traits superbes, comme sculptés, atteignaient la perfection. Dès qu'elle l'avait vu, elle avait reçu un choc. Et à présent, sous le regard de ses prunelles sombres frangées d'épais cils bruns, elle n'était pas loin d'éprouver le même saisissement.

— Vous n'avez pas idée de la dangerosité de cette ville, souligna-t-elle, s'arrachant à sa fascination avec difficulté. Un petit garçon qui vagabonde seul dans un parc… Cela aurait pu être dramatique.

Luca Ross la considéra d'un air glacial.

— Oui. Sans aucun doute. Quelle incroyable *coïncidence* que vous vous soyez trouvée là, prête à le raccompagner !

— Certes.

— Dois-je souligner que vous avez une chance inouïe de ne pas être actuellement interrogée par la police ?

Interdite, Ellie tenta de comprendre.

— La police ?

— Lorsque ma gouvernante m'a téléphoné pour m'avertir de la disparition de Jake, j'ai tout d'abord soupçonné un enlèvement.

— *Pardon ?*

— Regardez autour de vous, mademoiselle.

Luca désigna d'un ample geste son luxueux bureau, où un authentique Picasso côtoyait l'impressionnante sculpture d'une femme longiligne disposée sur un piédestal de verre.

— Je n'ai jamais jugé nécessaire, continua-t-il, d'avoir des gardes du corps, ni d'ailleurs de prendre une assurance contre le kidnapping, mais il est vrai que je n'ai jamais été responsable d'un jeune enfant imprévisible. Si vous ne vous étiez pas présentée, j'aurais appelé la police, et vous seriez à présent soumise à un interrogatoire. Mais puisque vous êtes là, et pour répondre à votre question, je vous ai fait attendre parce que j'ai jugé nécessaire d'établir le rôle que vous avez éventuellement joué dans la fugue de mon filleul.

— Désolée, mais je ne vous suis pas.

— Eh bien, je vous accorde quelques instants pour assimiler mes propos. Je crois que vous comprendrez où je veux en venir.

— Vous pensez que je… Que j'ai…, bafouilla-t-elle.

— Je ne suis pas homme à courtiser le risque. Je me suis toujours félicité d'avoir pris ce qu'on me disait avec une dose de défiance. Pour autant que je sache, vous avez très bien pu attirer le petit dehors en l'appâtant avec les chiens de meute qui gambadent dans mon jardin.

— L'attirer dehors ? Mais pourquoi diable ?

— Voyons, mademoiselle Edwards, vous réalisez sûrement que tout homme qui vit dans un lieu comme celui-ci a les moyens de payer n'importe quelle rançon pour qu'on lui restitue sain et sauf l'enfant dont il a la charge ! Je n'irai pas prétendre que vous avez kidnappé Jake. L'opportunité s'est peut-être présentée d'elle-même, et vous avez voulu en tirer parti. Vous avez peut-être aperçu mon filleul dehors avec sa nounou ? Noté où il habitait ? L'occasion fait souvent le larron, à en croire le proverbe.

— Je n'ai jamais rien entendu d'aussi monstrueux ! s'écria Ellie, empourprée, en se levant d'un bond.

Elle se figea quand son interlocuteur lui ordonna de se rasseoir.

— Quand on possède une fortune, on découvre vite que les gens sont prêts à tout pour jeter le grappin dessus. Si vous aviez affaire à la police, vous subiriez un interrogatoire beaucoup plus inquisiteur, croyez-moi.

— Il se peut que les gens de votre milieu ne songent qu'à vous voler, monsieur Ross. Peut-être êtes-vous entouré d'individus sans scrupules mais, pour ma part, je ne m'intéresse nullement à votre fortune ! s'écria Ellie. J'ignorais totalement où habitait Jake.

Elle ajouta, sarcastique :

— Il est heureux qu'il ait porté une étiquette comme

un chien son collier. Cela m'a permis de connaître son nom et son adresse.

— Il a six ans, et il vit en Angleterre depuis quelques mois à peine. Il fallait le munir d'un moyen d'identification pour le cas où il se serait égaré. Sa nounou avait ordre de ne jamais le perdre de vue ; comme vous l'avez constaté, mes instructions ont été négligées. Jake est un petit garçon intelligent, mais on ne peut pas exiger de lui qu'il retienne une adresse peu familière.

— Me croyez-vous lorsque j'affirme être tombée sur lui par hasard dans le parc ? demanda Ellie, tendue. Rien ne m'oblige à vous écouter m'accuser de… d'être une criminelle !

— Oui, je vous crois, admit Luca Ross, qui mania un instant son stylo avant de relever sur elle ses fascinants yeux noirs. J'ai parlé avec mon filleul. Apparemment, il s'ennuyait. Alicia, la nounou, discutait au téléphone. Il a eu envie de partir en exploration.

Luca évita de s'étaler sur sa conversation avec Jake, qui, comme toutes celles qu'il tentait d'avoir avec son filleul, n'avait suscité de la part du gamin que des réponses monosyllabiques et frustrantes.

— C'est typique des enfants de cet âge, observa Ellie. Ils partent en exploration, surtout lorsque l'extérieur paraît plus amusant que la maison.

Elle avait parlé avec froideur. Elle n'avait toujours pas digéré l'insinuation insultante de Luca, qui lui attribuait un rôle dans la fugue de son filleul. Celui-ci n'avait sûrement fait que fuir un « foyer » qui n'avait rien de la maison du bonheur ! Luca Ross croyait-il vraiment que son entourage n'avait rien de mieux à faire que de lorgner son compte en banque et méditer un coup fourré pour s'emparer de ses biens ?

Cette pensée la mit soudain mal à l'aise. Oui, certaines personnes étaient fascinées par l'argent, elle était bien placée pour le savoir…

Ellie avait subi en grandissant les conséquences désastreuses du comportement de sa mère, Andrea, très belle femme réellement capable de tout pour de l'argent.

Andrea avait désespérément aspiré à posséder la fortune dont Luca Ross semblait jouir avec tant de désinvolture, et la cupidité maternelle avait semé la discorde chez les Edwards. À l'en croire, sa mère avait épousé un homme indigne d'elle ; un petit employé de bureau qui avait échoué à s'élever dans l'échelle sociale, contrairement à ce qu'elle avait escompté du temps où ils étaient jeunes et pleins d'espoir. Rongée par l'amertume et les désillusions, elle avait tout misé sur sa fille cadette, Lily, une beauté comme elle, résolue à ce que celle-ci réalise ses rêves et ses aspirations manqués.

Ellie en avait fait les frais – Ellie la studieuse qui travaillait dur, humble moineau près de l'oiseau tropical au plumage chatoyant qu'était sa jeune sœur.

Oh ! oui, Ellie savait à quel point l'obsession de l'argent pouvait être destructrice ! Elle avait appris à mépriser les extrêmes auxquels les gens étaient capables de se porter pour en avoir. Heureusement, son père avait de la droiture morale, et elle l'avait pris pour modèle dès son plus jeune âge.

L'arrogant milliardaire assis en face d'elle était le genre d'homme qu'elle méprisait. Le fait qu'il l'ait accusée d'avoir voulu lui soutirer de l'argent en enlevant son filleul, de le lui avoir ramené en se faisant passer pour une bonne âme en disait long !

— Si vous en avez terminé, monsieur Ross… Je dois ramener les chiens. J'ai envoyé un message à leurs maîtres pour leur expliquer mon problème, mais j'aimerais éviter de m'attirer leur défaveur.

— Communiquez-moi leur adresse. Je veillerai à ce que leurs bêtes leur soient rendues.

— Il y a deux heures que je suis ici, et j'ai à faire ! Vous vouliez déterminer si je méritais d'être remise à la police. Puisque vous savez maintenant que je ne suis pas une criminelle, je ramènerai moi-même ces chiens. Ils sont fatigués et ont besoin d'être nourris.

— Il reste un ou deux points à éclaircir. Soyez sûre que les chiens retourneront chez eux sains et saufs.

— Grâce à votre gouvernante ? lança Ellie, froidement ironique. Je doute qu'elle puisse faire ami-ami avec eux après les avoir fichus dehors sous une pluie battante.

— Sur mon ordre. Il n'était pas question qu'ils rapportent encore plus de boue chez moi. Mon chauffeur est familier des animaux, il ramènera les vôtres. Sauf si vous voulez qu'ils soient retenus ici encore un moment. À vous de voir.

— Qu'y a-t-il à ajouter, monsieur Ross ? Je vous ai déjà tout raconté. J'ai vu Jake tout seul s'approcher des chiens pour jouer avec eux. Quand je lui ai demandé s'il était accompagné, il m'a répondu non. Je ne l'ai d'abord pas cru. Les enfants ont le don de déformer la vérité pour obtenir ce qu'ils veulent. J'ai pensé qu'il voulait peut-être jouer encore un peu avec les chiens, mais j'ai vite compris qu'il n'avait pas menti. Il était tout seul dans ce parc. Alors je l'ai ramené ici aussi vite que j'ai pu. Et, non, je ne veux pas d'argent pour l'avoir reconduit. Je suis seulement soulagée que…

— C'est bon, j'ai compris, coupa Luca Ross. Nous reviendrons plus tard à la question financière.

— Il n'y a pas de question financière, monsieur Ross.

— Vous avez sauvé mon filleul. Il me semble que nous pouvons renoncer aux formalités. Si vous m'appeliez Luca ? Votre prénom est… Ellie, c'est bien ça ?

Elle rougit. *Luca.* Un prénom énergique et agressif, à l'image de celui qui le portait. Elle s'empressa de refouler cette pensée, et haussa vaguement les épaules en guise de réponse.

— Vous avez laissé entendre que vous avez l'habitude des enfants, reprit-il en l'observant d'un air circonspect et songeur, réfléchissant visiblement à mesure qu'il parlait, et la jaugeant avec une évidente acuité. En avez-vous vous-même ?

— Il aurait fallu que je m'y prenne vraiment très tôt. J'ai vingt-cinq ans.

— Et vous n'êtes pas mariée.

— Comment diable le savez-vous ?

— Vous ne portez pas d'alliance. Jake n'a pas seulement été attiré par les chiens, il vous a prise en sympathie. Il ne vous aurait jamais laissée le raccompagner sinon, il aurait décampé. Il est évident qu'il vous faisait confiance. À votre arrivée, il vous tenait par la main. Vous n'y voyez sans doute rien de remarquable, mais je vous assure que ça l'est. Depuis son arrivée, il a eu du mal à… s'adapter.

— Puis-je vous demander ce qui s'est passé ?

Son premier réflexe fut de se fermer comme une huître. Il arrivait rarement qu'il ait à répondre à des questions, et c'était uniquement dans le cadre du travail. De plus, il ne tolérait pas les questions personnelles. Or l'interrogation d'Ellie avait un caractère intime. Mais pour une fois, il allait faire une entorse à la règle. Car il était dans le pétrin, et commençait à croire qu'une partie de la solution se trouvait devant lui.

— Ses parents ont été tués dans un accident de voiture, dit-il. Une catastrophe absolue. Jake s'est retrouvé orphelin. J'étais le plus proche parent de son père, Johnny : son cousin pour être précis, et de surcroît le parrain du petit. Et comme par ailleurs sa mère, Ruby, n'avait pas de famille proche, j'ai hérité de Jake.

— Donc, vous êtes son cousin au second degré ainsi que son parrain.

— C'est ce que je viens d'expliquer, oui.

— Pourtant, malgré ces liens, vos relations sont sûrement un peu tendues pour qu'il ait fait une fugue.

Lui demandait-elle des comptes ? L'espace d'une seconde, Luca en resta interdit, car il n'avait pas l'habitude de se justifier.

— Un peu tendues ? répéta-t-il.

Il avait employé un ton qui aurait fait frémir n'importe qui, un ton peaufiné au fil des ans et très efficace quand il voulait avoir barre sur toute personne assez téméraire pour passer les bornes. La menue jeune femme brune qui lui faisait face ne trembla pas, elle.

— Ce sont des choses qui arrivent, dit-elle avec chaleur et empathie. Le fait qu'on soit de la famille n'implique pas forcément une réelle proximité.

Ellie pensa à sa relation avec sa sœur, Lily, qui n'avait rien d'intime même si, à une époque, elles avaient été beaucoup plus proches qu'aujourd'hui.

— Jake et ses parents vivaient aux États-Unis. Il était difficile de maintenir le contact.

— Je m'en doute.

— Je suis très occupé, ajouta Luca.

De l'irritation avait percé dans sa voix, et il s'en voulut de s'être lancé dans des explications. Il n'avait pas à se disculper, bon sang !

— Je ne cherchais pas à vous faire des reproches, murmura Ellie, qui pensait tout le contraire.

Cet homme avait été trop occupé à faire de l'argent pour songer à son cousin parti à l'autre bout du monde !

— En tout cas, continua-t-il, nous avons dû nous adapter tous les deux à la situation, et Jake a eu du mal à trouver ses marques.

— Le pauvre petit ! Il n'est pas surprenant qu'il ait des difficultés à s'acclimater. J'ai déjà eu affaire à des cas de ce genre concernant des enfants étrangers venus vivre à Londres, parfois avec un lointain parent qu'ils connaissaient mal. L'adaptation a été rude.

Ellie, qui se sentait en terrain de connaissance maintenant qu'elle détenait quelques informations, décida de poursuivre. Après tout, elle n'avait rien à perdre.

— Le fait que Jake ait été confié à une nounou, une gouvernante et Dieu sait combien d'autres personnes n'a sûrement pas facilité les choses. Il a surtout besoin de passer du temps avec vous, l'adulte chargé de son bien-être.

— Est-ce une critique ? s'enquit froidement Luca. J'ai perçu quelque réprobation derrière vos réponses réservées et vos questions polies.

Ellie haussa les épaules, résolue à tenir bon.

— Je sens bien que cela vous déplaît, mais j'ai seulement exprimé ma pensée. Je suis enseignante, j'ai une assez grande expérience des jeunes enfants.

— Ah, vous êtes enseignante ? Très intéressant, marmonna Luca, qui griffonna sur son calepin.

— Vraiment ? Pourquoi donc ?

— J'aurais fini par m'en douter, murmura-t-il encore.

Ellie rougit.

— Pourquoi, monsieur Ross ? insista-t-elle.

Il rectifia :

— Luca.

Elle le fixa en serrant les mâchoires et, tout à coup, Luca sourit. C'était dû à l'expression d'Ellie : un air de désapprobation totale – toutefois quelque peu atténué par ses traits délicats et féminins, son visage tout en grands yeux verts, petit nez droit et bouche en forme de cœur. Plus elle redressait le menton d'un air de défi, plissant les yeux et cherchant à prendre un air sévère, plus Luca s'en amusait.

— Je ne vois pas ce qu'il y a de drôle, finit-elle par dire.

Elle avait le cœur battant, et ce n'était pas seulement parce que Luca se moquait d'elle. Son sourire était si enjôleur ! Et soudain, il laissait entrevoir un autre Luca, différent du milliardaire glacial qui l'avait prise à rebrousse-poil dès leur rencontre et représentait tout ce qu'elle détestait.

Cet autre Luca était dangereux. Elle le pressentait. Cet autre Luca n'était pas seulement beau à tomber. Il était tellement sexy qu'il aurait fallu l'affubler d'une pancarte : « Attention, danger ».

— Si vous pouviez vous voir ! lâcha-t-il. La bouche pincée et dédaigneuse, le regard désapprobateur, tout y est. La maîtresse d'école incarnée.

— Vous êtes sans doute un peu trop habitué à ce qu'on vous fasse des courbettes, répliqua-t-elle avec témérité.

— Je n'apprécie pas le ton que vous avez pris.

Luca posa un regard froid sur le visage empourpré d'Ellie. Il s'avisa qu'elle n'avait pas cherché à l'impressionner, et comprit aussi que la plupart des gens faisaient l'inverse, ce qu'il considérait comme allant de soi.

— Et moi, je n'apprécie pas que vous vous croyiez autorisé à vous payer ma tête. Je suis une excellente enseignante et, si ma franchise vous paraît comique, tant pis pour vous.

— Comique, non, énonça Luca. Rafraîchissante, plutôt.

Son mobile sonna et il prit l'appel, qui fut bref. Pas un instant, il ne la quitta des yeux.

Sous son regard scrutateur, Ellie éprouva une étrange sensation d'intense inconfort. On aurait dit que son corps était sur le qui-vive, d'une sensibilité exacerbée qu'elle ne comprenait pas. Elle était frémissante de nervosité, et pourtant figée sur place, tout juste capable de respirer.

— Les chiens sont en route. Je parie que leurs maîtres seront ravis de les ravoir à la maison, dit Luca en se renversant en arrière. Puis-je vous poser une question, Ellie ?

Elle aurait parié qu'il poserait sa question quoi qu'elle dise, aussi garda-t-elle le silence.

— Pourquoi promenez-vous des chiens alors que vous avez un travail ?

Elle ne s'était pas du tout attendue à cela et rougit comme un coquelicot.

— Je ne vois pas ce que ça vient faire ici, marmonna-t-elle.

— La nounou n'est plus là.

Décidément, Luca Ross changeait si souvent le cours de la conversation qu'elle ne cessait d'être désarçonnée et prise à contre-pied !

— La nounou ?

— C'est la deuxième en six mois.

— Ce n'est pas une bonne chose. Votre filleul a besoin d'équilibre, observa Ellie. Il faut aux enfants des limites bien définies et, dans la situation de Jake, la stabilité est très importante.

« Bouche pincée et dédaigneuse », « regard désapprobateur », songeait-elle tout en parlant. Et elle s'en voulait de se laisser atteindre par ces propos car, après tout, quelle importance pouvait bien avoir l'opinion de Luca Ross ?

— Je suis tout à fait d'accord, dit-il. C'est décevant, mais que faire ? La première nounou était une dame d'âge mûr visiblement dépassée par la situation. Jake est très intelligent et très volontaire sous ses dehors tranquilles. Il semblerait qu'il ait refusé de lui obéir quand ça ne lui convenait pas. Il faisait aussi tout un tas d'histoires pour aller à l'école, et il s'est avéré qu'elle avait dû le garder une fois ou deux à la maison, ce qui n'a mené à rien.

— Il ne s'est pas adapté non plus à la vie scolaire ?

— Cela n'a pas été une période facile, murmura Luca.

Déroutée par cette conversation qui ne cessait de prendre des chemins détournés, et dont elle sentait bien qu'elle mènerait quelque part même si son but lui échappait, Ellie contempla Luca avec fascination. Tout en lui arrêtait le regard : les mouvements élégants et économes de ses mains lorsqu'elles soulignaient son propos, son port de tête altier, la beauté âpre de ses traits. Pour la première fois, elle avait conscience du fossé qui les séparait, et pas seulement sur le plan financier. Il était si divinement beau qu'elle ressentait avec acuité ses propres manques – un sentiment qu'elle n'avait pas éprouvé depuis longtemps.

En grandissant, Ellie avait appris à accepter d'être l'éternelle seconde en ce qui concernait les avantages physiques. La beauté, c'était Lily. Comme leur mère, sa sœur était grande, svelte, parée d'une cascade de cheveux blonds. Dès sa naissance, Lily avait attiré l'attention, et cela n'avait fait que croître tandis qu'elle devenait une magnifique adolescente.

Avec une sœur aussi sensationnelle, Ellie avait vite appris à se fondre dans le décor, développant des talents qui ne se basaient pas sur l'apparence. Elle avait étudié dur, obtenu la note maximale dans toutes les matières, fait du bénévolat dans les chenils locaux pendant l'été, et autant de sport que possible car elle préférait être au grand air qu'à la maison.

Elle était donc irritée de se préoccuper soudain de son physique, et de ce que Luca pensait d'elle tandis qu'il l'observait d'un air indéchiffrable.

— J'avais espéré qu'Alicia ferait l'affaire. J'en étais arrivé à conclure qu'il n'aurait pas fallu miser sur une femme d'expérience pour gérer Jake, car cela avait son revers. Une femme d'âge mûr est parfois trop collet monté pour un garçonnet de six ans.

— Monsieur Ross… Euh, Luca, je suis navrée que votre neveu ait du mal à s'adapter. Vous devriez essayer de vous rapprocher de lui, mais vous ne tiendrez sans doute aucun compte de ce conseil. Après ce petit accroc, la nounou sera sans doute plus attentive. Il suffirait peut-être qu'elle le sorte un peu plus souvent. Il y a beaucoup d'activités pour les jeunes enfants à Londres pendant la période estivale. Elle pourrait même l'éloigner un peu de la capitale. L'cmmener au bord de la mer, par exemple.

— Ce sera difficile, puisque la nounou a été renvoyée.

— Renvoyée ? s'exclama Ellie. Mais pourquoi ?

— À votre avis ?

— Oui, enfin bon… Je suis certaine qu'elle aurait tiré les enseignements de cet épisode !

Ellie se demanda vaguement si la nounou pouvait poursuivre Luca Ross pour licenciement abusif, mais, à son avis, nul n'aurait osé entreprendre une telle action. Une jeune nounou moins que tout autre. Et, même si la pauvre jeune fille avait droit à une seconde chance, il était hélas vrai qu'en laissant vagabonder l'enfant dont elle avait la garde elle avait commis une faute professionnelle.

— C'est à espérer, mais ce n'est pas mon problème, dit Luca. La nounou licenciée m'importe peu. Que vais-je faire à présent ? Voilà la vraie question.

2.

Luca était parvenu à une décision. Confronté à un problème, il avait sollicité sa créativité, réfléchi vite et trouvé une solution.

Puisqu'il avait renvoyé la nounou, quelqu'un devait prendre la relève. Il était hors de question que cela retombe sur lui, il n'avait déjà pas assez de vingt-quatre heures dans une journée ! Quant à Miss Muller, si efficace qu'elle soit, on ne pouvait guère attendre qu'elle s'occupe d'un garçonnet de six ans. Elle n'avait pas eu d'enfants et, à en juger par le peu qu'il savait de sa relation avec Jake, elle n'était pas avide de combler ce manque.

Quant à l'agence de recrutement, elle ne lui serait d'aucune aide dans le proche avenir. Ils étaient du genre laborieux et, s'il s'en remettait à eux pour trouver une nounou, il parviendrait à l'âge de la retraite avant qu'ils dénichent une remplaçante ! Surtout après le bref parcours des précédentes, renvoyées l'une et l'autre.

La relève se trouvait devant lui. Cette jeune femme était idéale. Luca était bon juge, il savait qu'elle serait à la hauteur.

Il n'allait pas tarder à abattre son jeu mais, auparavant, il voulait découvrir le plus de choses possible au sujet d'Ellie, car il pourrait utiliser ces informations à son profit. Il devait au moins déterminer si elle était disponible. Il n'envisagea pas de lui demander d'emblée si elle pouvait assurer le remplacement : on obtenait toujours plus avantageusement ce qu'on voulait quand on savait où on mettait les pieds.

L'habitude de négocier l'avait doté d'une saine défiance quand il s'agissait d'obtenir le meilleur accord possible. Cette jeune femme n'avait rien d'une croqueuse de diamants, mais cela ne signifiait pas qu'elle ne tenterait pas le coup si elle pensait pouvoir le rouler dans la farine.

— Vous ne m'avez pas dit pourquoi vous promenez des chiens, fit-il, adoptant une pose qui lui permettait d'observer Ellie sans y paraître à travers ses paupières mi-closes. Vous avez un travail. Je ne connais pas le salaire d'une enseignante mais, si bas qu'il soit, ce n'est tout de même pas au point de l'obliger à tendre une sébile.

— Promener des chiens, ce n'est pas *tendre une sébile* !

— Ce n'était qu'une façon de parler. Vous devriez profiter de vos vacances, non ? D'être provisoirement débarrassée des gamins chahuteurs et de la classe.

— Je… J'aime les chiens, dit Ellie en rougissant. Et j'aime marcher.

— C'est tout à fait louable, mais vous le faites sans doute pour l'argent ?

— Je… Cet appoint m'est très utile, oui.

En s'entendant balbutier, Ellie se dit qu'elle n'avait pas à avoir honte, qu'elle ne devait ni se laisser intimider ni se censurer, garder sa personnalité ouverte et franche.

— Pourquoi ?

— Monsieur Ross… *Luca*, je ne suis pas votre employée. Rien ne m'oblige à vous répondre.

— Au lieu de vous énerver, veuillez m'écouter quelques minutes sans m'interrompre. J'ai une proposition à vous faire, et vous devriez y être attentive, surtout si vous avez besoin d'argent.

— Je n'ai jamais dit en avoir besoin.

— Je sais lire entre les lignes. J'ai perçu votre anxiété quand vous avez insisté pour ramener les chiens. Vous craigniez d'indisposer leurs maîtres. Vous ne voulez pas les mécontenter, car vous ne faites pas ce travail par plaisir. Donc, c'est pour l'argent. N'allez surtout pas vous méprendre, je me fiche de la raison qui vous pousse à en vouloir : goût du bon vin, passion des jolis vêtements, économies en vue d'une croisière autour du monde, peu importe. Vous n'avez sûrement pas de casier judiciaire, on a dû s'en assurer avant de vous engager comme enseignante. Alors, voici le *deal*.

Luca Ross se pencha en avant.

— Je suis en manque de nounou, et je ne peux pas perdre mon temps à faire du baby-sitting. Miss Muller ne relèvera pas le défi, et je ne l'exigerai pas d'elle. Cependant, mon neveu s'est pris de sympathie pour vous, ce qui est éloquent. Comme vous avez besoin d'argent, nous pourrions trouver ensemble une solution satisfaisante à mon problème.

Ellie le dévisagea, étourdie. Elle était habituée à dominer les situations. Cela faisait partie de son travail. Mais pour le moment, elle avait l'impression d'avoir cédé les rênes à quelqu'un qui l'entraînait dans une direction qu'il avait choisie à sa place.

— J'admets, reprit Luca, que ma première réaction en vous voyant sur mon seuil avec mon filleul a été la suspicion.

Ellie était sidérée par l'absence de contrition de Luca Ross pour sa scandaleuse conduite. Quand elle avait ramené Jake, elle s'était attendue à de la gratitude. Elle avait apprêté un petit discours sur l'importance de la famille et la nécessité de comprendre la psychologie des enfants. C'était un discours qu'elle avait voulu sévère, comme l'exigeait la situation. Elle avait même anticipé la possibilité de tomber sur un cas de figure délicat qui aurait nécessité l'intervention des services sociaux. Dans son école, cela s'était parfois produit. Même si quelque chose chez Jake lui avait fait supposer que sa situation de famille ne se révélerait pas désastreuse : il portait des vêtements chiffonnés et crottés par les chiens, mais coûteux.

Elle n'avait donc pas anticipé du tout qu'on lui annonce qu'elle aurait pu être traînée au poste de police, qu'on l'accuse d'avoir tout manigancé pour de l'argent, puis qu'on la lave enfin de tout soupçon sans l'ombre d'une excuse !

— Ça, j'avais compris que vous me soupçonniez, dit-elle d'une voix tendue.

Elle n'arrivait pas à détacher les yeux de Luca. Il était véritablement hors du commun ; en sa présence, tous ses sens étaient en alerte. De son port de tête impérial à son abondante chevelure brune et ses traits ciselés, cet homme respirait la sensualité. Elle en était toute chamboulée. Et voici qu'il lui offrait un poste ?

— Bien entendu, je vérifierai de mon côté vos antécédents, marmonna-t-il comme pour lui-même.

— Vous me proposez un travail ? demanda-t-elle, histoire de s'assurer qu'elle avait bien compris.

— Les circonstances sont un peu inhabituelles, reconnut Luca. Il n'est pas dans ma nature de plonger tête la première sans avoir testé l'eau d'abord, mais il me faut quelqu'un pour veiller sur Jake, et le plus tôt sera le mieux.

— Vous pourriez prendre une ou deux semaines de congé, et même l'emmener en vacances en attendant que l'agence vous trouve une nouvelle nounou. Puisque Jake a du mal à s'adapter, des vacances sont peut-être la meilleure solution.

— Je n'ai pas de temps pour ça, dit Luca, catégorique.

— Jamais ? s'étonna Ellie.

À quoi bon être riche si on n'avait pas le loisir de profiter d'un argent durement gagné ? Si *elle* avait eu de quoi, elle aurait voyagé à travers le monde. C'était un luxe qu'elle n'avait jamais eu.

— Quand on dirige une entreprise aussi importante que la mienne, on est toujours sur la brèche, lâcha Luca, haussant les épaules. Cela peut paraître rude, mais je suis seulement réaliste.

Il se renversa en arrière en émettant un lourd soupir mâtiné d'impatience.

— L'escapade de Jake m'a fait comprendre qu'il n'a pas seulement besoin d'une personne qui sache le conduire à l'école ou ailleurs et veille à ce qu'il soit convenablement nourri. Il faut qu'il puisse établir une relation avec elle. Il est clair qu'il n'en a eu aucune avec ses deux nounous. Mais en un laps de temps très court, il a bâti un lien avec vous, et je devine que votre expérience de l'enseignement n'y est pas pour rien. Voilà le bilan.

— J'ai déjà un travail, déclara Ellie.

Et pour ce qui était de cette proposition d'emploi, Luca ne la lui présentait pas dans un bel emballage ! Il était dans le pétrin, et elle était la solution possible. Il n'avait pas pris de gants, ni tourné autour du pot.

— Je sais, vous enseignez et vous promenez des chiens pour avoir de l'argent supplémentaire.

Ellie changea de position sur sa chaise, mal à l'aise. Luca la rendait nerveuse. Elle ne pouvait rien imaginer de pire que de travailler pour lui.

— Il n'est pas question que j'envisage de renoncer à mon métier pour devenir la nounou de votre filleul, dit-elle poliment. J'adore mon job. J'adore travailler avec un tas d'enfants différents.

Luca Ross serait un patron épouvantable. De toute évidence, il était aussi câlin et chaleureux qu'un serpent à sonnettes. Il renvoyait sans ciller des gens qui n'étaient pas à la hauteur de ses exigences démesurées et, tout en étant prompt à blâmer, il ne semblait pas préparé à admettre qu'il était peut-être la cause première du comportement de Jake.

Avoir cet homme-là pour employeur ? Plutôt marcher pieds nus sur des charbons ardents ! Si elle aimait son job – en dehors de la satisfaction d'œuvrer avec les enfants –, c'était aussi parce qu'elle appréciait les gens qu'elle côtoyait. Ils étaient sur la même longueur d'onde qu'elle. Ils faisaient partie de la vaste communauté des altruistes, au lieu de s'accorder la priorité.

Luca Ross, lui, faisait partie de ces requins qui ne pensaient qu'à s'adjuger ce qu'ils voulaient à n'importe quel prix. Il était arrogant, implacable, manipulateur. Elle le côtoyait depuis une heure ou deux, et déjà elle se sentait lessivée.

— Je ne parle pas d'un engagement à long terme, précisa Luca. On trouvera une nounou adéquate bien entendu, mais cela va prendre du temps ; et cette fois, je m'impliquerai davantage dans le processus de recrutement.

Ellie, qui établissait mentalement la liste de tout ce qu'elle détestait en lui, y ajouta ce nouveau fait : il avait sans doute confié à sa secrétaire le soin de choisir les nounous parce qu'il était débordé et ne voulait pas se donner cette peine…

— Je suis désolée, dit-elle, se levant pour signifier que la conversation était terminée.

Une onde de chaleur inattendue la submergea alors que Luca se levait à son tour et, sans hâte, se rapprochait d'elle. Son grand corps élancé irradiait de puissance et d'une étourdissante virilité. Elle voyait presque la flexion de ses muscles sous son pantalon anthracite et sa chemise blanche, dont les manches étaient retroussées jusqu'aux coudes. Ses avant-bras étaient saupoudrés de poils bruns, et elle se demanda si son torse l'était aussi, avant de refouler avec agacement cette pensée.

Quand Luca fut près d'elle, la dominant de façon menaçante, elle dut se contraindre à ne pas marquer un recul. La liste de ce qui lui déplaisait chez cet homme s'allongeait de minute en minute ! Non seulement il croyait pouvoir obtenir ce qu'il voulait, mais en plus il ne répugnait pas à recourir à l'intimidation et à la force pour y parvenir.

— Pardon ? fit-il.

— Travailler pour vous ne m'intéresse pas, dit-elle en s'éclaircissant la gorge tandis que leurs regards se heurtaient avec hostilité. J'apprécie votre proposition, mais vous feriez mieux de revenir vers l'agence et d'adopter une approche plus pragmatique, puisque vous avez semblé sous-entendre que ce n'était pas le cas précédemment.

— Comment pouvez-vous décliner mon offre alors que vous n'en connaissez pas le détail ?

— Je n'ai pas besoin de ça.

— Puis-je savoir pourquoi ?

— Je vois que vous êtes certain d'obtenir ce que vous voulez parce que vous êtes riche, mais ça ne marche pas comme ça.

Elle détourna les yeux avec difficulté. Luca se tenait si près qu'elle pouvait sentir l'odeur boisée, intensément masculine, de son eau de toilette. Elle avait du mal à respirer. C'était perturbant. Elle se força à rester calme et maîtresse d'elle-même, car il était simplement présent, sans chercher à l'empêcher de sortir.

— Si Jake a fugué, il y avait une raison, dit-elle d'une voix qui, par chance, ne trahissait pas l'émoi extrême où la plongeait la proximité de Luca. Il n'aimait peut-être pas sa nounou. Il est aussi possible qu'il ait décidé de partir à l'aventure parce qu'il s'ennuyait. Mais le fond de l'affaire, c'est que quelque chose lui manque dans ce foyer, et ce quelque chose ne peut venir que de vous.

— Nous tournons en rond.

— Parce que nous ne sommes pas sur la même longueur d'onde. Et c'est une des raisons pour lesquelles je ne pourrais jamais travailler pour vous. Nous sommes de deux mondes opposés.

— Depuis quand faut-il penser de la même manière pour collaborer de façon satisfaisante ?

— Cela compte pour moi, insista Ellie.

Et comme elle n'avait rien à perdre, elle continua hardiment :

— Je n'aime pas ce que vous représentez. Je ne tiens pas à l'argent, et je désapprouve ceux qui consacrent toute leur énergie à en gagner. Je suis heureuse dans mon métier, et je vous souhaite bonne chance dans votre recherche d'une nouvelle nounou.

Luca la dévisagea en silence, puis hocha la tête avec lenteur. Il recula, établissant entre eux un vide glacé. Ellie s'en trouva encore plus mal à l'aise. Il revint vers son bureau et se percha au bord, l'observant maintenant d'un air songeur.

— Eh bien…, lâcha-t-elle, passant la langue sur ses lèvres avec nervosité.

— Vous partiez, je crois ?

— Oui, en effet.

Elle tira derrière elle la porte du bureau et, soudain, une pensée étrange traversa son esprit dérouté : *C'est la dernière fois que tu vois cet homme.* Elle cilla, étonnée d'être touchée par ce constat surgi de nulle part.

Ellie avait supposé que Luca Ross aurait tenté de la retenir, de la convaincre une fois encore de l'écouter, et elle était déconcertée de découvrir qu'elle était presque déçue qu'il reste dans son bureau alors qu'elle quittait la maison. Elle marqua un arrêt pour lever les yeux vers le perron avant de s'éloigner.

Devait-elle essayer de voir Jake pour lui dire au revoir ? Elle en avait envie. En peu de temps, il l'avait émue avec sa timide tentative d'amitié.

Non. Elle ne s'était déjà que trop impliquée. Elle avait accompli sa bonne action de la semaine en le ramenant chez lui, et elle ne le reverrait probablement pas.

Quelle que soit la nounou qu'engagerait Luca, on pouvait parier que la malheureuse serait plus surveillée qu'un détenu en liberté conditionnelle. Elle serait menottée au pauvre petit, tandis que Luca continuerait à faire de l'argent et à se persuader qu'il remplissait bien son rôle de tuteur en dépensant sans compter.

Un homme détestable et odieux, pensa-t-elle, à peine consciente de gagner l'arrêt de bus le plus proche tant elle était occupée à penser à Luca Ross.

Ellie habitait en colocation avec trois autres jeunes femmes. Chaque fois qu'elle approchait de l'appartement, elle se remémorait le petit endroit beaucoup plus agréable qu'elle louait auparavant, où elle pouvait se détendre en paix sans avoir à batailler pour avoir de la place dans le réfrigérateur.

Quand elle avait un peu de temps à elle, désormais, elle devait le passer dans une chambre tout juste assez grande pour accueillir un lit, une commode et une armoire bancale. Mais elle n'avait pas le choix.

Elle se demanda fugitivement si elle n'aurait pas mieux fait d'écouter la proposition de Luca…

3.

Ellie rentrait chez elle lorsqu'elle remarqua une longue voiture noire qui s'écartait du trottoir, prenait de la vitesse, puis ralentissait à sa hauteur.

La pluie persistante des deux derniers jours avait cessé et, à 18 heures passées, un pâle soleil tentait de rappeler à tout un chacun que c'était l'été. La rue était silencieuse, presque déserte. Dans un accès de peur, Ellie hâta le pas, manquant heurter la portière qu'on venait d'ouvrir et qui lui barrait la route.

— Montez, Ellie.

Elle reconnut aussitôt cette voix. En jetant un coup d'œil à l'intérieur du véhicule, elle eut un coup au cœur. Elle ne s'était pas attendue à revoir Luca, encore moins seulement vingt-quatre heures après avoir refusé son offre.

— Comment m'avez-vous trouvée ?

— Montez.

— Non !

— Ne claquez pas la portière. Montez et écoutez-moi.

— Comment m'avez-vous trouvée ? répéta-t-elle.

Elle était réticente à obtempérer, et pourtant ne désirait pas attirer l'attention. Elle finit donc par se glisser sur le siège passager et ferma la portière. Dans l'habitacle, elle eut une conscience dérangeante de l'aura de sexualité brute qui émanait de Luca. Cela l'avait déjà frappée la dernière fois qu'elle s'était trouvée en sa présence. Il était si viril, si dépourvu de la moindre part de douceur, si triomphalement *mâle*.

Elle le regarda et eut soudain la sensation d'être électrisée. Était-ce parce que cet homme avait occupé ses pensées, ou seulement le choc de le voir à l'improviste ? Les pointes de ses seins se raidirent contre le tissu de son T-shirt – elle portait rarement de soutien-gorge quand elle n'était pas au travail, sa poitrine menue n'en avait guère besoin. Elle réalisa avec horreur qu'une onde de chaleur se répandait au creux de ses cuisses.

— Je sais où habitent les maîtres des chiens dont vous vous occupez, expliqua Luca. Je leur ai demandé si vous étiez partie les promener. En fait, j'ai eu le renseignement désiré dès le premier appel. Vous avez vos habitudes. La même routine. Il m'a suffi de déduire que vous retourneriez chez vous à peu près à cette heure-ci. Mme Wilson a eu la bonté de me communiquer votre adresse. Et votre numéro de mobile. Mais j'ai préféré vous faire la surprise.

— Elle n'avait pas le droit de vous communiquer mes coordonnées personnelles !

— Elle a peut-être jugé que je n'étais pas un assassin.

— Ce n'est pas la question.

— Laquelle est votre maison ?

— Je ne veux pas de vous chez moi !

— Alors, nous pouvons avoir une conversation en voiture, dit Luca avec calme.

Il coupa le moteur et, inclinant son siège vers l'arrière, déplaça son grand corps pour lui faire face.

— Nous avons déjà discuté, objecta-t-elle. Je ne travaillerai pas pour vous.

— Vous avez déménagé.

— Pardon ?

— Vous louiez un joli petit appartement, mais vous y avez renoncé voici deux mois pour vous installer dans ce quartier plutôt mal famé.

— Comment avez-vous découvert tout ça ?

— J'ai les moyens de savoir tout ce que je désire savoir, répliqua Luca. Et je tenais à obtenir ces informations parce que je tiens à vous engager. Vous réduisez vos dépenses.

Un bref examen de vos antécédents m'a suggéré que c'est pour aider votre père à se sortir d'une mauvaise passe.

Ellie se raidit, choquée et effarée. Il avait le bras long ! Jusqu'à quel point ?

— Expliquez-moi de quoi il retourne, reprit-il d'une voix bienveillante. Et ne permettez pas que votre hostilité à mon égard ou votre orgueil fassent obstacle à votre bon sens. Je vous répète que nous pourrions nous aider mutuellement. Cet accord professionnel pourrait s'avérer très profitable pour nous deux. Il me faut quelqu'un pour veiller sur Jake. Il a demandé de vos nouvelles, vous savez ?

Ellie était plus que soupçonneuse, mais cette dernière information la fit hésiter, même si elle se doutait que Luca était du genre à manipuler les gens pour obtenir gain de cause. On n'arrivait pas au sommet en faisant preuve de bonté envers les pauvres et les faibles, on y parvenait en se montrant implacable. Et Luca était tout au sommet de l'échelle…

— C'est la seule véritable conversation que j'aie eue avec Jake depuis son arrivée ici. En tout cas, la première où je ne me suis pas heurté à un mur.

Ellie allait lui affirmer que cela ne l'intéressait pas, d'autant qu'elle lui en voulait d'avoir mené à son insu une enquête sur elle. Elle se surprit pourtant à demander :

— Comment ça, de mes nouvelles ?

— Nous communiquions très peu. Les nounous me faisaient des comptes rendus ; lorsque je dînais parfois avec lui, il ne me répondait que par monosyllabes. Ce matin, il a demandé après vous. Il voulait savoir s'il pourrait retourner au parc pour se promener avec vous et jouer avec les chiens.

Luca avait une expression fermée, mais Ellie, qui savait décrypter le langage corporel, perçut une authentique émotion chez cet homme qui avait sans doute du mal à exprimer ses sentiments. À l'évidence, Luca Ross ne savait pas à quel saint se vouer dans cette situation qu'il ne maîtrisait pas.

— Ce ne serait pas un engagement permanent, continua-t-il doucement. Juste l'affaire de quelques semaines, la durée des vacances scolaires tout au plus. Pendant ce temps, vous pourriez nous aider à trouver une nounou pour Jake. Je pense que vous seriez très utile sur ce point. Vous avez une empathie instinctive pour les enfants, alors que j'en suis totalement dépourvu, c'est clair.

Ellie ouvrit la bouche, mais il éleva la main pour lui intimer le silence.

— Permettez-moi de terminer avant que vous ne campiez sur vos positions.

Là-dessus, Luca eut un demi-sourire. Un instant dépouillé de son caractère impérieux, il paraissait étrangement *humain.* C'était perturbant.

— J'aurais pu enquêter à fond sur votre implication dans la situation de votre père, mais je n'ai pas cherché à savoir. C'est sans importance, et il me semblait que vous me mettriez au courant si vous le vouliez, de toute façon. Je vous paierai plus qu'il ne faut pour effacer la dette de votre père.

— C'est une affirmation insensée, dit-elle, frémissante.

Elle laissa errer son regard sur les doigts de Luca, posés sur le levier de vitesses, et songea confusément qu'il avait de belles mains.

— Je suis plein aux as.

Il ajouta, inclinant la tête sur le côté :

— Que s'est-il passé ? Vous voulez en parler ?

À l'idée d'être libérée de l'étau d'une dette qui sinon ne serait pas épongée avant des années, Ellie se sentit comme un voyageur assoiffé qui voit paraître une oasis en plein désert.

— Si vous préférez éviter d'entrer dans les détails, reprit Luca, pas de problème. Je ne vous demande qu'une chose : acceptez-vous d'envisager mon offre ? En échange de quelques semaines de travail pour moi, votre père n'aura plus à se soucier de ses dettes. Inutile d'avoir de la sympathie pour moi pour accepter. Cela ne joue aucun rôle dans l'équation. La seule question qui vaille est la suivante : allez-vous prolonger le malheur de votre père par orgueil mal placé ?

Luca venait d'abattre sa carte maîtresse. Son père vivait dans un stress permanent, et elle aussi. Elle savait déjà qu'elle accepterait la proposition. Luca avait su trouver son talon d'Achille, miser comme il fallait pour toucher le jackpot.

— Ce serait un soulagement d'apurer les dettes de mon père, concéda-t-elle avec raideur.

— Si on poursuivait cette conversation chez vous ? Je suis trop grand pour rester recroquevillé en voiture. J'ai besoin de me dégourdir les jambes.

— Je partage l'appartement avec d'autres filles, grimaça Ellie. Mais nous pourrions aller au pub. J'en connais un pas loin d'ici, je peux vous indiquer le chemin.

En un rien de temps, ils se retrouvèrent attablés au pub, devant une bouteille de vin frais.

— Alors ? fit Luca d'un ton pressant.

— Mon père est dans un sacré pétrin, avoua Ellie.

Elle consentait à s'ouvrir car elle voulait que Luca sache, plus précisément que dans les grandes lignes, pourquoi elle acceptait son offre. Il avait appris beaucoup de choses et aurait pu découvrir le reste, y compris que l'opinion qu'elle avait de lui n'avait guère changé. Elle aurait pu se taire, puisqu'il n'allait pas chercher à en avoir le cœur net. Mais, sans comprendre pourquoi, elle ne voulait pas lui laisser penser que son père avait stupidement claqué ses économies.

— Il a été victime d'une arnaque sur Internet. Il ne l'a pas admis tout de suite. En fait, je suis tombée sur une lettre de son agence bancaire, qu'il avait laissée traîner sur la table du salon. C'est ainsi que je l'ai découvert. Une fois questionné, il a tout dit. Les impayés se sont accumulés, il n'a pas pu payer les traites immobilières depuis plusieurs mois. Il souffre de crises de panique.

Elle baissa les yeux, puis lâcha d'une voix rauque :

— Excusez-moi. Je suis très proche de mon père, et je n'ose penser à ce qu'il a dû supporter. Quoi qu'il en soit, je gagne assez d'argent pour joindre les deux bouts, mais j'ai dû emménager dans un lieu plus petit. C'est très stressant. Si nous n'étions pas lui et moi dans cette situation, nous n'aurions pas cette discussion en ce moment, sachez-le.

Elle releva sur lui ses yeux verts, d'un air de défi. Elle avait le regard si clair que, pendant quelques secondes, il en resta sans voix.

Luca croyait voir une créature d'une autre planète. Il avait offert à Ellie un travail de tout repos, et au lieu de lui manger dans la main et de dire son prix, elle avait répondu non. Maintenant, elle n'acceptait sa proposition que parce qu'elle aurait été folle de refuser. Les femmes auxquelles il était habitué profitaient sans ciller de sa générosité. Il était assis sur une fortune, et jamais aucune d'elles n'avait rechigné à en dépenser une partie !

Quand il lui avait proposé ce travail, il ne s'était pas soucié de savoir pourquoi Ellie avait besoin d'argent. Il était alors sûr qu'elle sauterait sur l'occasion. Il aurait parié qu'elle avait trop tiré sur sa carte de crédit et tenterait de lui soutirer le maximum. Il se réjouit en secret de n'avoir pas pu l'acheter.

— Dites-moi combien doit votre père, demanda-t-il sans tourner autour du pot.

Ellie rougit, hésitante.

— Craignez-vous que je me moque parce qu'il a été victime d'une arnaque ?

Au lieu de répondre à cette question, elle révéla une somme si énorme à ses yeux qu'elle se détourna avec gêne, puis s'empressa d'affirmer :

— Je n'attends pas que vous couvriez une somme aussi extravagante, bien sûr.

Luca lui dit quel salaire il était prêt à verser ; pour une fois dans sa vie, il n'eut pas envie de négocier âprement. Cette jeune femme si intègre l'amenait à découvrir, non sans surprise, qu'il n'était pas tout à fait cynique. Né avec une cuiller d'argent dans la bouche, Luca avait vu la cupidité à l'œuvre dans toute sa laideur après la mort de sa mère. Veuf d'âge mûr et bon parti, son père était devenu la cible des femmes de tous âges. Nombre d'entre elles, après avoir connu l'échec auprès de son père, avaient reporté leur attention sur lui, qui n'avait encore que dix-sept ans !

Ses expériences personnelles, une fois parvenu à l'âge adulte, n'avaient guère modifié sa conviction : il n'y avait pas une femme au monde qui ne soit prête à tout si l'enjeu était élevé. Il ne s'en formalisait pas. Il était prodigue avec ses maîtresses, mais n'avait aucune intention de se caser avec l'une d'elles. De se caser tout court.

Le regard clair d'Ellie le fascinait. Elle semblait médusée par la somme qu'il était prêt à verser. De façon plus prévisible encore, elle refusa avec véhémence qu'il lui offre autant.

— Vous dramatisez, lui dit-il en servant le vin. Je ne vous offre pas les joyaux de la Couronne…

— C'est tout comme. Il n'est pas dans mon tempérament d'accepter une somme aussi importante.

— Et il n'est pas dans mon tempérament d'être radin. Vous me rendez un grand service, je suis du genre à le récompenser.

Un frisson d'excitation la parcourut tandis que leurs regards se rencontraient. C'était un accord professionnel. Mais en cet instant, elle avait plutôt l'impression d'être au début d'une aventure…

4.

Lorsque son père l'appela le lendemain de sa deuxième rencontre avec Luca, Ellie se garda bien de lui confier qu'elle allait peut-être pouvoir l'aider financièrement. Celui-ci voulait l'informer qu'il venait de parler avec Lily. Ellie s'en montra aussi étonnée que son père : depuis qu'elle était partie aux États-Unis pour chercher la gloire, sa sœur ne donnait quasiment plus signe de vie.

Ellie était alors sur le point de partir dîner avec Luca. Il devait lui remettre son contrat, et il était essentiel, selon lui, qu'elle sache ce qu'on attendait d'elle. Ellie supposait que la toute première recommandation serait de ne pas passer d'appels personnels, aussi demanda-t-elle à son père le numéro de Lily. Elle arriverait en retard au dîner, mais si elle ne parvenait pas à joindre sa sœur tout de suite, il y avait de fortes chances pour que cela reporte cette conversation aux calendes grecques !

Au fil des ans, alors que Lily quêtait la célébrité et la fortune en jouant de sa beauté, les deux sœurs s'étaient de plus en plus éloignées l'une de l'autre. Leurs échanges n'étaient pas loin d'être réduits à l'envoi de cartes d'anniversaire et à une conversation polie avec leur père devant la dinde de Noël.

Quand Lily décrocha, Ellie ne tourna pas autour du pot. En effet, si elle ne devançait pas le flot de paroles de sa sœur, elle devrait l'écouter s'extasier sur toutes les choses excitantes qui lui arrivaient et les agents qui l'inondaient de scénarios pour des rôles cinématographiques.

— Est-ce que papa t'a parlé de… de sa situation ?

— Quelle situation ? demanda Lily, sur la défensive.

Ellie la lui expliqua.

— Puisque tu sembles bien installée, tu dois pouvoir m'aider, Lily. Je n'ai qu'un salaire d'enseignante, et inutile de te dire qu'il n'est pas très élevé…

— C'est toi qui as voulu devenir professeur ! Alors ne me demande pas d'être désolée pour toi parce que tu manques d'argent.

— C'est de papa qu'il s'agit, pas de moi. J'ai dû accepter… euh… un autre job pour l'aider à éponger ses dettes. Si tu pouvais apporter ta contribution, cela augmenterait ma marge de manœuvre. Luca paiera la dette, mais j'ai trop de fierté pour accepter tant de générosité.

— Un job ? demanda avec curiosité Lily. Luca ? Qui est-ce ?

Dans sa hâte à se libérer pour le rejoindre, Ellie expliqua en quelques mots que Luca était un homme d'affaires espagnol qui l'avait engagée pour s'occuper de son filleul pendant l'été.

— Oh ! bon sang ! fit Lily. Ravale ta fierté et prends ce qu'on te propose. Ce type est visiblement plein aux as et il a besoin que tu t'occupes du gamin. Au lieu de te flageller, tu devrais trouver le moyen de lui soutirer encore plus d'argent ! De toute façon, je ne peux rien, Ellie, et même si je pouvais, je serais stupide de me défaire de mon argent alors que ton Crésus est prêt à payer les dettes de papa en échange de quelques semaines de garderie.

Les choses s'arrêtèrent là. Même si Lily était dans la position enviable d'être sollicitée par des producteurs, elle restait fidèle à elle-même et refusait d'aider.

Ellie jeta à peine un regard sur son reflet dans le miroir avant de se précipiter hors de la maison. Elle devait retrouver Luca dans un restaurant italien de Covent Garden. Il ne l'avait vue jusqu'ici que dans la tenue décontractée qu'elle mettait pour promener les chiens. Mais il s'agissait là d'un rendez-vous professionnel, et elle était vêtue en conséquence, avec la tenue qu'elle sortait de son armoire pour les réunions de parents d'élèves : jupe grise, chemisier blanc et ballerines.

Cet ensemble lui rappelait la nature réelle de sa relation avec Luca, et c'était tant mieux. Car quand elle pensait à lui, son esprit ne cessait de lui jouer des tours : ce qu'il projetait sur son écran mental n'était pas un homme en costume discutant du contrat de travail et de ses conditions, mais un homme d'une sensualité torride, avec un sourire dévastateur…

Ellie avait une demi-heure de retard quand elle pénétra dans le restaurant. Elle regarda autour d'elle et repéra aussitôt Luca. Elle prit le temps de se ressaisir. La salle était pleine. Malgré l'allure décontractée des serveurs, elle vit que c'était un endroit cher. La clientèle était nantie, les mets qu'elle voyait passer étaient des créations raffinées, artistement présentées.

Elle se dirigea vers Luca. Plus elle en approchait, plus elle se sentait nerveuse et gênée. Il lui semblait maintenant que sa tenue, qu'elle avait jugée appropriée une heure plus tôt, ne payait pas de mine. Elle se glissa sur sa chaise avec soulagement.

— Vous êtes en retard, observa Luca.

Son premier réflexe fut de répliquer. Elle plissa les yeux alors qu'il consultait sa montre puis se renversait dans son siège avec décontraction pour la regarder.

Contrairement aux autres clients, il semblait s'être habillé précipitamment sans songer à son apparence. Il était tout de noir vêtu, en T-shirt et jean, pieds nus dans ses mocassins. Une légère repousse de barbe ombrait son menton. Cela lui allait bien. Il avait l'air encore plus sexy, et Ellie en fut toute retournée.

La bouche sèche, elle avala une gorgée du verre d'eau posé devant elle. Le commentaire de Luca était pertinent. Si elle travaillait pour lui, elle devrait se montrer ponctuelle, c'était important.

— Je suis désolée. J'ai été retardée par un coup de fil. Ma sœur s'est manifestée, et comme je ne lui avais pas parlé depuis un bon moment, je n'ai pas pu me soustraire à cet appel.

— Votre sœur ? J'avais supposé que vous étiez fille unique.

— Lily vit aux États-Unis.

Luca avait capté quelque chose de particulier dans l'intonation d'Ellie quand elle avait parlé de sa sœur. Il attendit la suite. Cette femme allait jouer un rôle essentiel dans sa vie pendant les prochaines semaines. Deux ou trois semaines au moins, et sans doute plus. Le contrat sous enveloppe glissé dans sa poche ménageait la possibilité d'une prolongation et stipulait un salaire évolutif, avec une augmentation par semaine supplémentaire au-delà des quinze premiers jours d'emploi – motivation irrésistible pour quelqu'un qui avait besoin d'argent.

Dans des circonstances normales, Luca ne se serait pas trouvé attablé là. Pour ce qui était de ses employés, les choses étaient simples : il les payait bien, les récompensait avec des bonus s'ils donnaient satisfaction, sinon ils étaient renvoyés.

Or la mésaventure survenue avec la dernière nounou en date lui avait appris que les règles habituelles ne s'appliquaient pas quand il s'agissait d'une affaire aussi personnelle que son filleul. Il avait engagé Alicia, l'avait généreusement rémunérée mais livrée à elle-même. Bref, il s'était comporté comme avec n'importe quel employé. Et à quoi cela avait-il mené ? À la fugue de Jake, heureusement trouvé et ramené sain et sauf par une femme qui était de toute évidence l'altruisme incarné.

Cette fois, il devrait coopérer avec celle qui veillerait sur Jake au lieu de se fier à de simples comptes rendus, mails et débriefings tous les quinze jours. Et s'il devait adopter une approche plus pragmatique, alors il lui serait profitable de mieux connaître Ellie. Il fallait qu'elle se sente à l'aise avec lui ; ainsi, elle serait plus détendue et ouverte.

Hélas, elle semblait aussi à l'aise avec lui qu'avec un requin ! Elle n'avait pas de sympathie pour lui, le désapprouvait, et si elle avait accepté ce travail, c'était parce que, fidèle à une méthode qu'il maîtrisait à la perfection, il l'avait placée en situation de ne pas pouvoir refuser.

Luca connaissait le pouvoir de l'argent et savait l'utiliser à son avantage. Mais on ne pouvait acheter ni la confiance ni la franchise, et il aurait besoin de l'une et l'autre s'il voulait progresser avec Jake.

— Où aux États-Unis vit votre sœur ? s'enquit-il.

— Los Angeles. Enfin… je suppose que c'est là qu'elle est.

— Serait-ce l'hôpital qui se moque de la charité ? Si j'ai bonne mémoire, vous étiez plutôt critique sur le fait que j'avais perdu le contact avec mon cousin lorsqu'il s'est installé à l'endroit même où vit votre sœur.

— Beaucoup de gens vont aux États-Unis parce qu'ils considèrent ce pays comme la terre de tous les possibles.

— Mais vous n'avez pas été tentée de le faire.

— Je… je ne cours pas après des chimères. J'ai les pieds sur terre, dit Ellie en rougissant. Nous sommes très différentes, Lily et moi. Quoi qu'il en soit, pour en revenir à ce que vous disiez, c'est ma sœur qui a perdu le contact avec moi et non l'inverse.

Elle n'avait pas envie de continuer à parler de Lily. Elle n'avait pas oublié la curiosité de sa sœur lorsqu'elle avait mentionné Luca et l'énorme somme qu'il lui verserait.

— C'est magnifique, ici, reprit-elle en embrassant les lieux du regard tandis que les yeux pénétrants de Luca restaient posés sur elle. Mais avec mon salaire d'enseignante, ce genre d'endroit n'est pas à la portée de ma bourse.

Un serveur survint et Luca passa commande sans même consulter le menu ; Ellie, elle, éplucha la carte et choisit avec soin.

— J'ai des intérêts dans cet endroit, dit-il en jetant un bref coup d'œil autour de lui. Il y a dix ans, j'ai décidé d'investir dans la restauration et j'ai acheté quelques établissements en difficulté pour élargir mon portefeuille. Celui-ci en faisait partie.

— C'est ça, marmonna Ellie. Il est important de diversifier ses investissements, paraît-il.

Luca éclata de rire.

— C'est parce que votre sœur avait le monopole des châteaux en Espagne que vous avez choisi l'enseignement ?

Ellie fut saisie par tant de perspicacité. Luca était plus près de la vérité qu'il ne l'imaginait sans doute.

— Comme je l'ai déjà dit, j'ai les pieds sur terre. Je n'ai pas en moi l'ADN du risque qui me porterait à parier que tout ira à ma guise.

Ellie se demanda pourquoi elle avait l'impression de tenir les propos d'une femme ennuyeuse. Luca ne semblait pas mécontent d'être ici avec elle, pourtant. Il tira le contrat de sa poche et poussa l'enveloppe vers elle.

— Nous avions envisagé deux à quatre semaines. Il se pourrait que ce soit un peu plus longtemps. Plus ce sera long, mieux vous serez payée.

Ellie décacheta l'enveloppe et lut le contrat. Il était simple et direct, mais la somme en jeu augmenta son malaise maintenant qu'elle la voyait stipulée sur un papier officiel qui n'attendait que sa signature.

— Ce travail ne vaut pas ce que vous voulez me payer.

— Nous en avons déjà discuté, il me semble.

— Oui, mais voir ça noir sur blanc…

— Vous devez remiser vos scrupules au placard, Ellie. Sinon, nous aurons cette conversation en boucle et elle ne nous mènera nulle part. *Prends l'oseille et tire-toi*, disait le titre d'un film de Woody Allen. C'est ce que vous conseillerait n'importe quelle personne sensée.

— Vous auriez sûrement des atomes crochus avec ma sœur. C'est exactement ce qu'elle m'a dit.

Et, pensa-t-elle en contemplant le beau visage de Luca,

vous réagiriez comme tous les autres hommes si vous rencontriez Lily : vous la désireriez.

Ellie pensait avoir surmonté le manque d'assurance qui remontait à son adolescence. Mais voici que soudain, comme si quelque boîte de Pandore avait été ouverte, il l'assaillait de nouveau, ce qui la consternait.

Lily avait toujours attiré à elle la lumière des projecteurs, Ellie s'en était accommodée. Ce n'était devenu un problème que lorsque sa sœur avait volé le seul garçon auquel elle s'était réellement intéressée.

Sérieux, travailleur, la tête sur les épaules, Paul représentait un choix raisonnable. Ellie l'aimait beaucoup. Il était professeur d'éducation physique dans une école locale. Elle avait fait sa connaissance un soir de sortie avec quelques amis, et ils s'étaient bien entendus. Puis il avait été présenté à Lily – oh ! pourquoi n'avait-elle rien vu venir… ? Sa sœur avait agi comme toujours : elle l'avait séduit. Elle avait paradé devant lui à demi nue, tout en longues jambes, crinière blonde et grands yeux bleus innocents.

— Il m'a bel et bien invitée à sortir avec lui, avait-elle dit plus tard à Ellie. Alors je t'ai rendu service parce que, si tu t'étais mise avec lui, ça n'aurait pas duré. En plus, il est assommant.

Si Ellie n'avait pas eu une grosse peine de cœur après sa rupture avec Paul, elle avait été contrariée que Lily n'ait eu aucun scrupule à démontrer qu'elle était plus jolie, plus sexy et plus attirante qu'elle. Elle avait résolu en son for intérieur de garder le secret sur toute relation qu'elle aurait avec un garçon tant qu'elle n'aurait pas la certitude qu'il s'intéressait *véritablement* à elle telle qu'elle était. Cela ne lui avait posé aucune difficulté : aucun candidat n'avait paru à l'horizon. Elle avait fui les relations sentimentales, c'était plus commode que de risquer une déception.

Elle fut contrariée de la direction qu'avaient prise ses pensées, et plus contrariée encore lorsque Luca demanda avec décontraction :

— Si votre sœur fait fortune en Californie, pourquoi promener des chiens pour payer les dettes de votre père ?

— Parce que…

— J'ai compris, la coupa-t-il. Alors il faut que vous signiez ce contrat. Il comprend une clause de prolongation si nécessaire.

— Je ne me suis pas engagée à un remplacement qui pourrait s'éterniser…

Que diable avait-il voulu dire par « J'ai compris » ?

— Je ne vous solliciterai pas au-delà des vacances scolaires. Si vous restez, vous aurez assez d'argent pour payer les dettes de votre père *et* faire beaucoup d'autres choses en plus.

Il lui tendit un stylo, l'encouragea d'un hochement de tête.

— Vous me rendez service, Ellie. Si je vous engage pour garder Jake, ce n'est pas seulement parce que j'ai renvoyé la nounou et que je suis dos au mur. Je vous paie pour être beaucoup plus qu'une baby-sitter compétente. Je crois que vous saurez nouer un lien avec Jake, et ça lui sera profitable.

La sincérité de Luca était évidente, et Ellie en oublia ses hésitations. Elle signa le contrat.

— Pensez-vous ce que vous venez de dire ? s'enquit-elle. Ou cherchiez-vous seulement à avoir gain de cause ?

— Vous me jugez capable de mentir pour obtenir ce que je veux ?

— Probablement, dit-elle avec franchise.

Il laissa éclore l'un de ses rares et si charmants demi-sourires qui la mettaient sens dessus dessous.

— Mentir, ce n'est pas mon genre, assura-t-il. Je n'ai pas besoin de recourir à des moyens malhonnêtes pour obtenir ce que je veux. J'ai toujours estimé que l'art de la persuasion était plus payant.

— Ainsi que l'art de régler les problèmes avec de l'argent.

Luca haussa les épaules.

— L'argent parle, et sa voix porte toujours plus haut que les autres. Bon, quand allez-vous pouvoir commencer ?

Ellie n'avait formé aucun projet pour les grandes vacances. Elle avait supposé qu'elles seraient remplies par la joie simple de promener les chiens pour gagner un peu d'argent et, peut-être, travailler dans un bar si la nécessité s'en faisait sentir. Elle aurait pu répondre : « Tout de suite ». Mais elle prit le temps de réfléchir.

— Il faudrait que je voie mon père d'abord. Je vais devoir lui expliquer pourquoi j'ai tout à coup les moyens de payer la totalité de ses dettes, et il vaut mieux que je le fasse de vive voix.

— Je comprends. Voulez-vous que je vous accompagne ?

— Non ! s'écria-t-elle, alarmée.

— Pourquoi ?

Il semblait irrité, comme s'il n'était pas habitué à ce que les femmes rejettent sa compagnie.

— Mon père serait sidéré de vous voir, et d'apprendre que vous me paierez une fortune pour garder votre filleul.

— Pourquoi ?

— Parce que, pour lui, vous n'êtes pas le genre d'homme que je pourrais rencontrer, et encore moins avec lequel faire des affaires.

— Ah ! Je ne suis pas votre type, contrairement à votre insaisissable sœur. Nous voici revenus à votre antipathie à mon égard, n'est-ce pas ?

— Ce sera plus facile si je gère ça moi-même avec mon père, c'est tout. Mais merci pour la proposition.

— Combien de temps passerez-vous chez lui ?

— Un jour ou deux. Ensuite, je pourrai prendre mon poste.

— Je préférerais que vous exerciez à demeure, Ellie. Je ne peux pas toujours répondre de mon emploi du temps, et il serait compliqué de trouver une relève en cas de nécessité. Bien entendu, vous aurez droit à une compensation.

— Je ne suis pas décidée là-dessus, marmonna Ellie en s'empourprant.

Elle pensa à l'inconfort de vivre en colocation et, lorsque

leurs regards se croisèrent, elle crut deviner qu'il avait lu ses pensées.

— Vous aurez votre suite privée au dernier étage, lui affirma-t-il. Je vous assure que vous y serez très bien. Au calme.

S'il était une chose qui lui avait manqué, c'était la tranquillité. Elle n'en avait jamais mesuré l'importance avant d'avoir dû partager son territoire.

— Très bien, concéda-t-elle. Mais à une condition.

Luca haussa les sourcils d'un air interrogateur.

— Pas de supplément financier, s'il vous plaît. Vous me payez déjà bien assez pour accomplir un travail que j'aurai de toute façon plaisir à faire.

La dépensière et l'économe, pensa Luca. *L'une qui cherche gloire et fortune en Amérique, l'autre qui enseigne et travaille dur pour éponger les dettes du père.*

Un tableau commençait à prendre forme dans son esprit et, pour la première fois, il désirait réellement connaître les ressorts de la relation d'Ellie avec sa famille.

Il sentit s'éveiller en lui quelque chose. Quelque chose d'inédit. Sa vie sentimentale était devenue trop prévisible. S'il appréciait bel et bien cette prévisibilité, qu'il n'aurait échangée en aucun cas pour quelque chose qui échappait à son contrôle, elle comportait une bonne dose d'ennui.

Il était célibataire depuis deux mois. Sa dernière conquête n'avait fait partie du paysage que pendant quelques semaines. Il avait presque oublié à quoi elle ressemblait – elle était du genre habituel : belle, grande, blonde, et très disponible. Il ne s'était pas intéressé à son passé, même si elle s'était obstinée à le lui livrer, de toute façon. Depuis ? Sa libido était en berne.

Luca se renversa en arrière et observa Ellie. Dieu seul savait où elle avait déniché sa tenue. Avait-elle délibérément adopté des vêtements peu flatteurs ? Pourtant, la délicatesse de ses traits était singulièrement frappante. Cette femme l'intéressait. Sa réticence à se confier piquait sa curiosité. Son mépris pour sa fortune le mettait aux anges. Elle n'était pas impressionnée, ne se donnait pas la peine de faire semblant, et cela excitait son âme blasée.

— Puisque vous travaillez maintenant pour moi, dit-il, vous allez disposer d'un certain nombre d'avantages. Un chauffeur vous conduira chez votre père.

— Mon père n'habite pas Londres.

— Il peut vivre à Glasgow si ça lui chante. Vous aurez aussi droit aux services du chauffeur quand vous aurez besoin d'emmener Jake quelque part. Je déposerai une coquette somme sur votre compte, que vous pourrez utiliser pour payer tout ce dont Jake aura besoin ou pourra vouloir.

— Tout ?

— Tout, dit avec un haussement d'épaules Luca. L'argent n'est pas un obstacle.

Ellie tenta de son mieux de ne pas se laisser intimider par l'homme de pouvoir assis face à elle. Il n'était pas le genre d'homme susceptible de l'intéresser, même de loin, et pourtant son corps s'enflammait lorsqu'elle était en sa présence, et ça la perturbait. Comment pouvait-elle maîtriser aussi peu ces réactions gênantes et indésirables ? Cela ne lui était jamais arrivé, surtout qu'après la débâcle avec son dernier petit ami elle avait scellé ses émotions sous une chape de plomb. Non que Paul eût suscité les folles sensations que Luca éveillait en elle. Elle avait eu avec lui une relation mesurée qui lui avait plu. Si elle était prudente à l'époque, elle l'était encore plus aujourd'hui. Alors pourquoi était-elle émoustillée dès qu'elle approchait Luca Ross ?

Elle allait devoir se ressaisir, car elle avait conclu avec lui un contrat professionnel. Luca était superbement beau, et le fait qu'elle y soit sensible révélait le bon fonctionnement de ses hormones. Elle aurait dû s'en féliciter, puisqu'elles étaient devenues muettes lorsque Paul était sorti de sa vie. Il était bon de se savoir *normale*. D'ailleurs, quand elle reprendrait le travail, elle envisagerait peut-être de refaire son apparition sur la scène sentimentale. Cette fois, elle s'assurerait que l'homme avec lequel elle sortait n'était pas porté sur les blondes à longues jambes !

— Maintenant que vous avez précisé vos conditions, dit-elle, j'ai moi aussi un point à aborder.

Ellie s'apprêta à tenir bon, car si elle lui en laissait la possibilité, Luca Ross la piétinerait. Quel que soit le lien qu'elle établirait avec Jake, il était beaucoup plus important que Luca en ait un avec son filleul. Et ce n'était pas en répandant l'argent comme des confettis qu'il y parviendrait !

— Avez-vous déjà eu une conversation avec Jake au sujet de ce qui s'est produit ? demanda-t-elle.

— Sa fugue ?

— La perte de ses parents.

Luca sembla déstabilisé, pour la première fois depuis qu'elle le connaissait.

— Il m'a paru préférable de l'éviter, ça ranimerait de mauvais souvenirs. Il vaut mieux aller de l'avant.

On les avait servis, mais Ellie avait été si occupée par la conversation qu'elle avait à peine pris garde à ce qu'elle mangeait. Leurs assiettes étaient à présent vides. Luca congédia le serveur venu s'enquérir de ce qu'ils prendraient au dessert.

— Je ne suis pas d'accord, dit Ellie avec fermeté, sans se laisser impressionner par Luca et ses mâchoires crispées. Ce n'est pas parce que vous évitez d'en parler que ça va disparaître. C'était un événement majeur. Jake est encore très jeune, mais vous pouvez mentionner ses parents avec naturel, pour que ce sujet ne devienne pas tabou. Avez-vous des photos d'eux ?

Luca se raidit. En avait-il ? On lui avait fait parvenir tous leurs biens matériels, qu'il avait fait mettre au grenier. Il n'avait pas cherché à savoir en quoi ils consistaient, et avait pensé qu'à un moment donné, quand il en aurait le temps, il s'en débarrasserait. Puis tout cela lui était sorti de l'esprit.

Ellie l'observait avec curiosité.

— Vous n'en savez rien ? s'enquit-elle.

— Cela n'a rien de si choquant, fit valoir Luca avec irritation, pour une fois sur la défensive. Je n'ai pas eu le temps d'ouvrir les caisses qui ont été envoyées par bateau.

— Vous êtes occupé.

— C'est une critique ?

— Un constat. Et si nous voulons avoir une relation de travail fructueuse, alors je dois pouvoir me sentir libre d'être honnête et franche avec vous lorsqu'il s'agit de Jake.

Luca leva les mains en un geste typiquement espagnol, qui aurait tout aussi bien pu exprimer l'impatience, la contrariété, la résignation ou les trois à la fois.

— Sentez-vous libre, lâcha-t-il. Je suis tout ouïe.

— Vous auriez d'abord dû examiner ces affaires. Il s'y trouve sûrement un tas de choses auxquels Jake tenait, qui l'auraient rassuré dans cet environnement inconnu. Il est encore tout petit. Il avait sans doute des jouets qui l'ont accompagné depuis sa naissance.

Luca s'était renfrogné, mais Ellie n'en tint aucun compte. S'il la tenait pour une maîtresse d'école coincée qui le désapprouvait entièrement, c'était son problème !

— Et pour ce qui est des photos ? reprit-elle.

— Ça existe encore, ce genre de choses ?

— Sinon, il faut regarder dans les ordinateurs de ses parents, ou leurs mobiles, ou tout autre appareil où l'on aurait pu stocker des clichés numériques.

— Je…

Luca s'interrompit en se rendant compte qu'il allait redire que son temps était compté, qu'il n'en avait pas trouvé pour examiner les affaires de son cousin. On ne lui avait pas fait parvenir grand-chose. Johnny et Ruby n'avaient pas précisément accumulé un précieux butin, ils avaient souvent déménagé. Les souvenirs et photos de bébé sur la cheminée, ça n'avait pas dû être leur genre. Pourtant, il n'aurait pas dû se contenter de tout faire mettre au grenier en pensant qu'il examinerait ça par un jour de pluie, d'autant que ce genre de chose n'arrivait pas, dans son univers.

— Je veillerai à réparer cette négligence, concéda-t-il.

Ellie lui décocha un signe de tête approbateur. Elle commanda un café, parce que Luca commençait à avoir la mine d'un homme qui songe à partir. Or elle n'avait pas terminé.

— Quand ? demanda-t-elle.

— Bientôt.

Comme elle ne disait mot, il finit par marmonner :

— Demain.

— Parfait ! s'enthousiasma-t-elle.

Comme elle levait les yeux vers lui, de nouveau elle eut une sorte de coup au cœur. Quand elle restait sur le terrain professionnel, elle parvenait presque à oublier l'effet qu'il avait sur elle. Mais quand leurs regards se croisaient… Il était tellement beau, tellement sexy ! Sur ce plan, il n'avait pas son pareil. Il faudrait qu'elle parvienne à dépasser cette attirance si elle travaillait pour lui.

— Il y a autre chose. Je pense que vous avez besoin de vous impliquer davantage avec Jake. L'argent ne règle pas tout, et ne peut pas remplacer les heures que vous devriez lui consacrer. Je comprends que vous êtes très occupé, mais il va falloir que vous délaissiez le travail de temps à autre afin de bâtir une relation avec votre filleul. S'il s'est enfui, ce n'est pas parce qu'il était heureux de vivre avec vous.

— C'est tout ? s'enquit Luca, doucereux. Devrais-je suivre une formation à la parentalité pour être certain d'assurer ?

— Ce n'est pas drôle ! Quand je m'en irai, j'aimerais pouvoir penser que vous avez bâti avec Jake quelque chose de plus fort que votre lien actuel. Il a vraiment besoin de savoir qu'on l'aime et qu'on veut de lui pour trouver ses marques.

Le malaise de Luca était patent. Il était clair qu'il n'avait jamais ce genre de conversation. Ellie s'attendit à ce qu'il mette fin à l'échange et revienne dans sa zone de confort. Mais au lieu de cela, il finit par dire :

— Vous gagnez. Je prendrai sur mon temps de travail.

Il secoua la tête, détachant d'elle son regard perçant.

— Je n'ai jamais connu l'échec dans ma vie, et je n'ai pas l'intention d'échouer avec Jake. Je ferai ce qu'il faut.

5.

Ellie quitta l'appartement où elle louait une chambre pour s'installer chez Luca Ross. Ses colocataires acceptèrent sa défection sans faire d'histoires. Une chambre peu chère et relativement bien située était, à Londres, une denrée aussi rare qu'une poule avec des dents, et il y avait toute une liste de candidats en attente, des amis d'amis essentiellement.

Ellie se demanda si elle devait être soulagée, ou attristée parce qu'elle comptait apparemment si peu, puis elle se rappela le caractère lucratif de son job temporaire et se dit qu'elle serait à même de louer quelque chose de mieux à la fin de l'été. Aucune date précise n'avait été fixée, mais elle dépendrait de la rapidité avec laquelle une nouvelle nounou serait trouvée, en fonction du degré d'exigence de Luca. Il s'était débarrassé avec désinvolture des deux précédentes, mais c'était avant la fugue de Jake. Il avait maintenant pris la vraie mesure de la situation.

Pour finir, elle s'était bel et bien laissé acheter. En se remémorant la conversation qui remontait à trois jours, elle réalisait que Luca en avait contrôlé l'issue. Après avoir effectué des recherches sur elle, il avait lancé son appât de façon à la ferrer. Il savait quel était son point faible, et en avait joué sans paraître manipulateur. Aujourd'hui, elle quittait ces lieux pour pénétrer en territoire inconnu et imprévisible.

Luca serait un employeur loyal, mais elle ne pouvait pas permettre que sa personnalité dominatrice réduise à néant ses initiatives. Elle ne pourrait pas se contenter d'établir une relation avec Jake, elle devrait aussi jeter un pont entre le petit garçon et son parrain. Luca, qui savait se montrer pragmatique, attendrait qu'elle agisse de même. Elle devrait juguler l'émoi qu'il lui inspirait, sinon elle irait à l'échec.

Sa visite à son père avait été brève, car elle devait rentrer vite à Londres pour prendre son poste.

— C'est très spécialisé, lui avait-elle expliqué pour justifier son salaire exorbitant. Ce n'est pas une situation ordinaire... Jake est un petit garçon très désemparé et perturbé...

Elle réalisait, non sans culpabilité, qu'elle s'était hissée du rang d'institutrice à celui de psychologue confirmée capable de s'occuper d'un enfant difficile. Mais si elle s'en était tenue à la stricte vérité, son père aurait été mortellement inquiet. Il n'était pas stupide. Pourquoi un employeur aurait-il versé un salaire démesuré pour la simple tâche de garder un petit garçon qui s'était mal conduit ? se serait-il demandé. Pourquoi n'aurait-il pas fait appel à une thérapeute ? Elle n'aurait jamais pu lui faire saisir la personnalité de Luca, prêt à obtenir ce qu'il voulait à n'importe quel prix, ni qu'il avait voulu l'engager à cause de la nature particulière de la situation.

D'après son père, Lily parlait de faire un bref séjour en Angleterre. Ellie s'était gardée de révéler que sa sœur avait refusé de verser le moindre centime pour payer la dette paternelle.

Ellie n'avait eu qu'une conversation téléphonique avec Luca depuis leur dîner. Elle l'avait appelé pour le remercier d'avoir versé une première grosse somme d'argent sur son compte en banque et, allant droit au but comme il en avait coutume, il avait observé :

— J'espère que vous n'allez pas prendre peur.

— Pourquoi dites-vous ça ?

— Je sais détecter l'inquiétude dans la voix des gens. Si vous redoutez d'avoir à travailler avec quelqu'un qui vous déplaît, vous avez tort. Peu importe que vous ayez ou non de la sympathie pour moi. Il suffit que vous me respectiez.

Le monde est plein de gens dont les valeurs sont différentes. Être adulte, c'est ne pas se laisser affecter par ça.

Pour être révélateur, ça l'était ! Pendant tout le reste des vacances, elle devrait s'impliquer totalement dans son travail, être présente à chaque instant. Pas de rendez-vous de dernière minute inévitables, pas de chiens à promener, pas d'hommes réclamant la priorité dans son emploi du temps.

Il lui avait demandé, au terme de cette conversation, s'il y avait quelqu'un dans sa vie.

— Vous n'avez pas de mari, avait-il lâché d'un ton désinvolte, et vous n'avez pas de compagnon. Mais y aurait-il quelqu'un d'autre, dont vous auriez négligé de parler ?

Luca voulait qu'elle entre dans le rôle qu'il avait défini, et si elle devait consacrer du temps à quelqu'un d'autre, ça ne marcherait pas – d'autant qu'elle vivrait sous son toit, avait-il souligné. Elle avait réalisé alors la nature précise de leur accord : c'était lui qui mènerait la danse.

— Je n'ai personne en ce moment, avait-elle balbutié.

Et elle avait rougi d'embarras. Luca ne s'intéressait à sa vie privée que dans l'éventualité où elle pourrait affecter leur arrangement, mais elle avait été gênée par le tableau qui découlait de son aveu : une institutrice mal accoutrée qui promenait des chiens et n'avait personne dans sa vie.

Alors que la plupart des jeunes femmes de son âge programmaient de grandes vacances avec leur petit ami, elle cherchait à gagner de l'argent pour aider son père à se tirer du pétrin. Cela l'avait amenée à réfléchir à la tournure que sa vie avait prise. Elle n'y avait pas sérieusement pensé jusque-là, mais elle voyait à présent qu'elle avait jeté l'éponge après l'échec de sa relation avec Paul. Elle s'était absorbée dans son travail, soulagée de ne pas avoir réellement eu d'amour pour son ex – c'était plutôt de l'idée d'être amoureuse qu'elle s'était éprise –, et avait opté pour la solution rassurante de ne plus jamais s'engager avec quelqu'un.

Mais contrainte d'avouer qu'elle vivait en célibataire à Luca, qui était le sex-appeal incarné et n'avait jamais dû passer deux nuits d'affilée seul au lit, l'avait mortifiée. Voulait-elle vraiment être toujours dans cette situation dans un an ou deux, seule et sans aucune raison particulière d'attendre avec impatience les longues vacances d'été ? En était-elle donc arrivée là, à force de vivre dans l'ombre de sa sœur cadette extraordinairement belle ? Cela avait-il sapé sa confiance en elle au fil des ans ?

Avant, elle aurait fièrement affirmé qu'on n'avait pas besoin de s'appuyer sur quelque chose d'aussi vain que le physique pour mener une existence brillante et gratifiante. Mais quand elle sortait avec Paul, elle s'était souciée de son apparence, elle avait fait tous les « trucs de fille » auxquels sa sœur s'adonnait depuis toujours : essais de maquillage, vernis à ongles, cheveux plus longs... Tout ça pour rien, puisque Paul l'avait plaquée pour sa sœur. Pour elle, cela avait été un coup de semonce, et elle avait vite oublié ces choses superficielles.

Quand elle rencontrerait quelqu'un, son apparence n'influerait pas sur les sentiments qu'il aurait pour elle. Il ne ferait pas partie de ces hommes creux qui se laissent tourner la tête par une blonde sexy avec des seins opulents et des jambes interminables.

Oui mais, si elle ne sortait jamais, elle ne rencontrerait jamais personne, pas vrai ? Eh bien, elle allait vivre dans une cage dorée pendant quelques semaines, et, lorsqu'elle serait de retour dans son monde, les choses allaient changer !

Ellie effectua une pirouette dans sa nouvelle chambre. Jake était affalé sur son lit. Elle se jeta sur le lit près de lui et le chatouilla jusqu'à ce qu'il demande grâce.

— Tu veux que je te dise un secret ? lui chuchota-t-elle. Je n'ai jamais dormi dans une aussi jolie chambre.

— Ma chambre est encore plus belle, affirma Jake. J'ai une couette avec Spiderman.

— Tu as raison, dit-elle avec sérieux. C'est la seule chose

qui manque ici, et je vais réparer ça au plus vite. Mais je ne choisirai pas Spiderman, je pense. Plutôt une princesse…

Jake fit la grimace. Elle rit et lui ébouriffa les cheveux.

— Quoi ? Tu trouves que je n'ai rien d'une princesse ? le taquina-t-elle en se relevant. Eh bien, tu as raison ! Je suis le grand méchant loup et je vais te dévorer si tu ne descends pas tout de suite à la cuisine pour dîner ! Il y a des heures que Miss Muller t'a appelé, petit coquin !

Ellie n'avait pas revu Luca depuis la signature de son contrat, mais elle avait beaucoup côtoyé Jake ; déjà, sa relation avec le petit garçon devenait plus forte. Elle se rendait compte que Luca voulait qu'un lien se développe entre elle et son filleul, parce que ce serait le pont qui le mènerait lui-même à Jake. Bref, il se servait d'elle.

Luca avait dû se rendre à New York pour affaires dès le premier jour de son arrivée. S'il avait gardé le contact par mails et messages, parlé avec elle au téléphone chaque soir sans manquer de poser des questions sur Jake, elle avait été soulagée qu'il soit à l'étranger pendant qu'elle trouvait ses marques.

Elle avait eu le temps d'établir une relation détendue avec Jake et de découvrir son passé. Le tableau qui se dressait petit à petit était, à sa grande consternation, celui d'un foyer bancal avec de jeunes parents irresponsables et fréquemment absents. À mesure que le garçonnet s'ouvrait, elle avait compris qu'il mentionnait souvent le couple âgé de l'appartement voisin du leur, qui avait assumé la garde de Jake tandis que ses parents étaient à la poursuite de leur rêve.

Elle avait fait défiler sur l'ordinateur les quelques photos de ses parents qu'elle avait récupérées – Luca avait tenu sa promesse à ce sujet. Un jeune et beau couple posait dans des décors spectaculaires, ce qui donnait aux clichés l'allure de prises de vues en plateau. Il y avait de rares photos de Jake tout bébé.

Il n'était guère étonnant que celui-ci se soit replié sur lui-même, étourdi et désemparé, lorsqu'on l'avait arraché à son monde familier pour le confier à un bourreau de travail d'une énergie agressive dont la patience était mise à l'épreuve par ce bouleversement. À en juger par les récits de Jake, sa vie n'avait comporté que fort peu de règles. Il était allé à l'école *quelques fois*, et avait été autorisé à faire ce qu'il voulait quand il le voulait. Luca, avec son approche de la vie autoritaire et rigide, avait dû représenter un contraste terrifiant avec ses tout jeunes parents démissionnaires et décontractés.

Il faudrait qu'elle parle à Luca le lendemain soir, à son retour. Les choses ne pouvaient pas fonctionner à sens unique et, s'il pensait mener la danse, il allait être surpris.

Alors qu'elle méditait un scénario pour contraindre son arrogant employeur à écouter des choses qu'il n'avait sûrement nulle envie d'entendre, on frappa à la porte de sa chambre.

Elle alla ouvrir sans réfléchir, prête à accueillir Jake, revenu pour une raison ou une autre.

Elle se trouva face à Luca.

Ellie se figea, interdite. Elle ne l'attendait vraiment pas ! Ces derniers jours, elle s'était évertuée à mettre à distance l'attirance insensée qu'il lui inspirait, et voici que tout ce travail sur elle-même était anéanti par un échange de regards !

Elle s'étonna d'avoir pu oublier la vitalité sidérante de Luca, même lorsqu'il était décoiffé, mal rasé et las. Rien ne pouvait entamer son incroyable sex-appeal. Elle en ressentit l'impact aussi violemment que si elle avait heurté un mur.

Sans veston ni cravate, il avait relevé ses manches de chemise. Elle baissa les yeux, le cœur battant, troublée à la vue de ses avant-bras musclés ombrés de poils.

— Que faites-vous ici ? Je ne vous attendais pas avant demain soir.

— Les choses se sont réglées plus vite que prévu. À 19 heures passées, je pensais vous trouver en bas.

— J'allais descendre.

Elle avait soudain honte de sa tenue trop décontractée – vieux pantalon de jogging, T-shirt et chaussons.

— J'ai pensé que le moment serait bien choisi pour une conversation en tête à tête avant de me mettre au travail. Je peux réserver une heure.

— Maintenant ? Je suis consciente d'être très bien payée, mais ça ne signifie pas que vous pouvez survenir dans ma chambre sans crier gare et me convoquer pour un entretien.

— Je crains que si, au contraire, répondit Luca.

C'est à ça que tu t'es engagée, souffla une petite voix à Ellie.

— Je ne peux pas prévoir mon emploi du temps, avec la meilleure volonté du monde, reprit-il. Je peux essayer d'en établir un plus régulier, mais ce sera sans garantie.

— Je comprends. Mais je ne vois pas ce qui vous empêche de l'aménager pour vous consacrer un peu à Jake. Vous êtes le maître de votre entreprise, alors pourquoi ne pouvez-vous pas choisir de vous rendre disponible ?

Il la considéra en plissant les yeux.

— Votre ton me déplaît.

Si tu t'inclines maintenant, pensa Ellie, *tu établiras un précédent qui donnera le ton de votre relation, laquelle deviendra très inconfortable.* Elle aurait à lui faire part de choses qu'il n'aurait pas envie d'entendre et, pour les gérer, il faudrait que Luca ne s'obstine pas à décider de tout.

— Je m'en excuse, dit-elle d'une voix mesurée. Et je suis consciente que vous ne pouvez pas organiser à votre guise vos heures de travail. Il n'empêche qu'il serait bon pour Jake que vous puissiez établir un rituel quotidien, du moins au début. Par ailleurs, je n'accepterai pas d'être dérangée à n'importe quelle heure. C'est hors de question.

Un lourd silence accueillit ces propos. Finalement, Luca se passa une main dans les cheveux et la considéra, comme s'il s'interrogeait sur ce qu'il allait dire. Mettant à profit cette brèche, elle ajouta d'un ton plus conciliant :

— Si vous m'accordez un quart d'heure, je vous rejoindrai en bas. J'ai besoin de me changer.

Ellie enfila un pantalon et un polo bleu pâle. En descendant, elle croisa Jake, qui remontait.

— Tu me lis une histoire, ce soir ? demanda-t-il.

Il soupira d'un air déçu lorsqu'elle lui expliqua qu'elle ne pourrait pas.

— Mais demain soir, tu auras droit à *deux* histoires, promit-elle en se baissant pour l'étreindre affectueusement. Et puis Luca est rentré ! C'est super, non ?

Elle nota aussitôt sa tension. Il secoua la tête avec véhémence.

— Pourquoi est-il revenu, hein ?

— Parce qu'il veut passer du temps avec toi.

— Je ne veux pas le voir.

Ellie ne fit aucun commentaire. L'obstacle à franchir s'annonçait plus qu'ardu !

Ellie était installée à la table en métal et bois depuis cinq minutes lorsque Luca entra. Il s'était douché, car ses cheveux bruns étaient encore humides. Il respirait la santé, irradiait d'une vive énergie. Sa lassitude s'était envolée.

— Eh bien, fit-il en allant jeter un coup d'œil dans le réfrigérateur, je vous écoute.

Ellie se demanda s'il ignorait totalement le sens du mot « politesse ». Se comportait-il ainsi avec tout le monde ou seulement avec ses employés ? À certains moments, il laissait transparaître un tel charme et un tel charisme qu'elle n'entrevoyait qu'une explication à son comportement : il ne consentait pas à dilapider ce capital par pure courtoisie, juste parce qu'elle travaillait pour lui.

Il la questionna sur Jake, et elle lui répéta la plupart des choses qu'elle lui avait déjà écrites. Luca savait écouter. Elle voyait qu'il absorbait ce qu'elle disait, et établissait sans doute une comparaison entre ses activités avec Jake et celles des autres nounous.

Il délaissa le réfrigérateur pour prendre un verre de vin, lui en offrit un et n'insista pas lorsqu'elle secoua la tête.

— Ça va marcher, j'en suis sûr, dit-il. Jake a demandé après vous lorsque vous êtes allée voir votre père.

— Il avait sûrement besoin d'une épaule réconfortante après tout ce qu'il a traversé. Nous avons regardé quelques photos ensemble, glissa Ellie. Est-ce que vous les avez regardées avec lui ?

— J'ai essayé. Mais je n'ai pas eu beaucoup de succès.

Luca n'ajouta pas que Jake avait obstinément fixé le parquet dans un silence total, jusqu'à ce qu'il lève les mains en signe de reddition et mette fin à l'exercice.

— Cela viendra avec le temps.

— Et je n'en dispose pas de beaucoup. Je crains de ne pas connaître grand-chose aux enfants, ajouta-t-il avec honnêteté. Je ne sais pas communiquer avec eux. Cela n'aide pas.

— Il suffit de manifester de l'intérêt et d'être sincère. Parlez à Jake comme vous parleriez à… eh bien, à n'importe qui. En gardant à l'esprit qu'il a six ans et que ça ne vous mènera à rien de parler de politique mondiale.

Ellie sourit. Luca lui retourna un des sourires en coin dont il avait le secret.

— Je préfère donner des ordres. Sinon, j'en reviens à la politique, j'en ai peur.

— Vous prendrez le coup, vous verrez.

Elle lui fit part de ce qu'elle avait découvert sur le passé de Jake, qui semblait avoir été abandonné à lui-même tandis que ses jeunes parents menaient leur vie.

— Je ne prétendrai pas que Johnny et moi étions les meilleurs amis du monde, observa Luca, pensif. Il était bien plus jeune que moi, et très différent. Je n'ai rencontré qu'une seule fois Ruby, sa femme. Au baptême. Elle avait l'air d'être comme lui.

— C'est-à-dire ?

— Éprise d'un rêve qui ne se matérialiserait jamais. Avec un bébé, pour couronner le tout. J'ai tout fait pour les dissuader de partir.

— Bien sûr, ironisa Ellie.

Luca se rembrunit.

— Il y a un sous-entendu là-dessous, je me trompe ?

— Être épris d'un rêve, c'est une façon d'avoir de l'espoir.

— Ce qui est une singulière perte de temps.

Ellie se demanda d'où lui venait un tel cynisme. Pour lui, la conversation semblait terminée. Il se leva et revint vers le réfrigérateur, dont il examina de nouveau le contenu, jusqu'à ce qu'elle finisse par lui demander, à contrecœur, s'il avait dîné.

— Pas depuis hier, lâcha-t-il sans se retourner.

— Si j'avais su, j'aurais prié Miss Muller d'apprêter quelque chose. Elle est restée un peu plus tard, aujourd'hui, parce qu'elle était partie en avance hier. Sa voisine n'allait pas bien, elle devait lui faire des courses. Elle a préparé de quoi manger pour Jake, et je lui aurais…

— Oubliez ça. Je ne savais pas que je rentrerais plus tôt.

— Je pourrais vous préparer quelque chose…

Luca pivota vers elle.

— La cuisine ne fait pas partie de vos attributions.

— Cela ne me dérange pas, dit Ellie.

Elle se leva et se dirigea vers un placard, mais il l'arrêta à mi-chemin en la retenant par le poignet.

À ce contact, un frisson la parcourut, lui électrisa le corps. Les pointes de ses seins se raidirent, le cœur de sa féminité s'enflamma. La bouche sèche, les pupilles dilatées, elle ne recouvra la capacité de se mouvoir que lorsqu'il retira sa main et recula pour la fixer de ses magnifiques yeux noirs.

Effarée d'avoir peut-être trahi ce qu'elle éprouvait, Ellie

recula à son tour, le cœur battant la chamade, le rouge aux joues. Elle ne parvenait pas à maîtriser ses réactions en présence de Luca !

Jamais elle n'avait eu ce genre de faiblesse, et elle ne comprenait pas qu'elle l'éprouve avec un homme qui, si superbe qu'il soit, ne l'attirait en rien sur les autres plans.

— Non, dit Luca tandis qu'il sortait du réfrigérateur un morceau de fromage. La cuisine ne fait pas partie de votre travail, je le répète.

— Je vois.

Il s'assit, puis se renversa en arrière pour l'examiner avec une intensité songeuse alors qu'elle demeurait au milieu de la pièce, bras ballants, n'aspirant qu'à se retirer et consciente de devoir attendre d'être congédiée.

— Vous êtes vexée, commenta-t-il, laconique.

— Pourquoi le serais-je ? J'ai seulement voulu être courtoise.

Il la délivra enfin de son regard dominateur pour mordre dans un morceau de pain et de fromage.

— Attendre qu'une femme me fasse la cuisine, ce n'est pas mon style. Inutile de prendre la mouche.

— Je vous répète que je ne suis pas vexée, dit Ellie avec raideur.

Il semblait clair qu'il n'allait pas la congédier tout de suite, aussi se glissa-t-elle sur la chaise placée face à lui.

— Vous étiez à l'étranger ces jours derniers et, après cet entretien, vous allez vous remettre au travail, reprit-elle. Vous pourriez peut-être aller voir Jake avant ? Lui souhaiter bonne nuit ? Je suis sûre que ça lui ferait plaisir.

Elle croisa les doigts après ce pieux mensonge. Jake serait probablement horrifié si Luca lui rendait visite.

— Je…

Luca s'interrompit. Pendant un instant, elle vit un homme qui n'avait peut-être pas son égal pour amasser des fortunes mais qui, dans sa relation avec son filleul, était d'une vulnérabilité émouvante. Elle lui vint en aide :

— Il dort sans doute. Vous ne voudriez pas le réveiller, c'est ça ?

Luca acquiesça d'un geste bref. Toute cette affaire était un affreux cauchemar, et il n'en mesurait qu'à présent l'étendue parce qu'on lui demandait d'établir une relation avec Jake au lieu de sortir une carte de crédit et s'en remettre à des professionnels pour régler le problème. Il s'était juré de relever ce défi, mais était-il armé pour répondre aux besoins d'un enfant perturbé ?

Tu es très bien armé, lui souffla une petite voix intérieure. L'introspection n'était pas son fort. Il avançait dans la vie les yeux rivés sur le présent et l'avenir. On ne pouvait pas changer le passé, alors à quoi bon s'appesantir dessus ? Il évitait de s'attarder sur son passé émotionnel, qu'il avait préféré emmurer dans un recoin de son esprit. Mais il ouvrait cette prison, à présent.

Ses antécédents étaient, en apparence, si différents de ceux de Jake ! Il avait connu le bonheur jusqu'à la mort de sa mère. Ensuite, son père s'était retranché dans une forteresse impénétrable. Ce faisant, il avait mis fin à l'enfance de son fils, abandonnant à lui-même un jeune garçon contraint de mûrir vite et de trouver son indépendance à un âge où il aurait dû continuer à jouer avec des voiturettes. Tout l'argent du monde n'avait pas pu compenser la défection de son père. Luca avait certes appris à apprécier ses années de pension, qui lui avaient forgé le caractère et l'avaient rendu apte à affronter victorieusement n'importe quelle bataille, mais pouvait-on appeler cela une *enfance* ?

Point n'était besoin d'être un génie pour prédire le chemin que prendrait Jake s'il ne mettait pas les mains dans le cambouis pour affronter la situation.

— Je suis content que vous soyez là, dit-il d'une voix bourrue.

Il se leva. Ellie l'imita. Luca fit un pas vers elle, l'air inhabituellement hésitant. Quand elle leva les yeux, il était si près qu'elle eut un coup au cœur. Il tendit le bras. Elle n'était même pas certaine qu'il avait conscience de son geste. Il lui effleura la joue du bout du doigt. Un effleurement doux, rapide, fugitif. Et dévastateur…

— Et si je ne le dis pas, ajouta-t-il, ce n'est pas parce que je ne le pense pas.

Déjà, l'instant était passé. Mais bien après que Luca s'était éclipsé pour travailler, Ellie avait toujours le cœur battant.

6.

— Lily envisage de revenir à la maison ? s'exclama Ellie, en ligne avec son père. Quand ?

La semaine écoulée avait été chargée. En prenant son poste, elle était résolue à garder ses distances. Elle n'était pas là pour bâtir une relation à long terme avec Jake, encore moins avec son parrain.

Malheureusement, elle s'était trouvée aspirée dans la dynamique familiale. Luca avait fait de gros efforts pour tenir ses engagements, pour être plus présent qu'il ne l'avait été. Jake l'avait toléré – un pas en avant, deux pas en arrière. Ellie avait remarqué la frustration de Luca, qui pour une fois jouait une partie dont il n'avait pas établi les règles et qu'il ne comprenait pas.

Elle avait essayé de limiter ses propres interventions, mais Jake et Luca s'en étaient remis à elle pour faciliter leur relation maladroite, où ni l'un ni l'autre ne semblaient savoir comment se comporter.

Au bout du compte, Luca n'était pas l'homme arrogant qui lui avait tant déplu à la première rencontre. Et Jake, qui évoluait comme un faon timide, trouvait de plus en plus le chemin du cœur de son parrain.

— Lily n'a pas précisé de date, répondit son père d'une voix contente, à l'autre bout du fil. Elle est occupée, mais elle pense pouvoir grappiller une semaine ou deux pour venir ici. Pas plus longtemps, les agents la harcèlent, paraît-il.

— Eh bien, c'est une bonne chose.

Ellie se demanda si la conversation qu'elle avait eue

avec Lily quinze jours auparavant avait incité sa sœur à s'inquiéter enfin pour leur père. Elle espérait que oui. Peu importait à présent que Lily ne contribue pas à régler la situation financière, puisque celle-ci était, comme par miracle, en voie d'être maîtrisée. Mais leur père serait ravi que sa cadette lui rende visite.

— Je l'ai avertie qu'on ne te verrait pas beaucoup, continua-t-il. Que tu travaillais dur pour aider ce petit garçon.

— Oui, bien sûr, murmura Ellie, qui se sentit coupable.

— Elle voudra te voir. Elle a fait part de son impatience à te retrouver. Je la crois impressionnée par ce que tu fais.

Ellie n'en était guère convaincue. Lily n'avait jamais été très impressionnée par tout ce qui n'impliquait pas d'être sous les projecteurs, entourée d'une nuée d'admirateurs de préférence. Pourquoi s'intéresserait-elle soudain à un travail qui consistait à s'occuper d'un enfant ? Ellie ravala une réplique acerbe et mit fin à la conversation.

Ce soir, elle sortait avec Luca. Ils laisseraient Jake chez une baby-sitter qui habitait à trois maisons de là. Elle discuterait avec Luca des progrès à accomplir. Elle s'était donné un canevas à suivre et était résolue à s'y tenir. Mais elle n'avait pas cessé de penser à la façon dont il l'avait touchée... Elle s'était embrasée et, au tréfonds d'elle-même, des braises semblaient couver, prêtes à flamber de nouveau. Pendant de brèves secondes, elle avait senti poindre entre eux quelque chose d'ardent et dangereux.

Elle était soulagée, en un sens, que Luca ait depuis lors veillé à rester sur un terrain strictement professionnel. Ils avaient des discussions assez formelles dans le bureau de Luca, d'employeur à employée. Assise face à lui, mains sur les genoux, elle lui rapportait les événements du jour.

Ce soir, l'expérience consistait à confronter Jake à une nouvelle personne, pour qu'il s'habitue. Il ne servait à rien d'installer le petit garçon dans une zone de confort qui le pousserait à envisager tout changement avec suspicion et défiance. Ellie avait suggéré de faire appel à une jeune fille qui habitait à quelques maisons de là, parce qu'elle avait un chien et qu'ils avaient parfois bavardé avec elle. Ellie avait rendu visite à ses parents pour s'assurer qu'elle serait une excellente baby-sitter d'un soir.

Elle avait supposé que la jeune voisine garderait seulement Jake pendant la journée. Elle n'avait pas prévu une sortie en soirée avec Luca !

Elle était alarmée par l'excitation qui l'habitait, lui électrisait le corps et l'âme. Elle comprenait qu'elle était loin d'être immunisée contre le sex-appeal brut et animal de Luca. Elle s'était surprise à le regarder à la dérobée – de longs coups d'œil qui s'apparentaient aux regards en douce d'une amante. Quand elle était à moins d'un mètre de lui et percevait la chaleur de son corps viril, elle avait l'impression de s'approcher trop près de la flamme qui la brûlerait.

Et ce soir, une sortie au restaurant !

Elle avait envisagé de mettre sa tenue réservée aux parents d'élèves, mais, sur un coup de tête, elle avait opté pour quelque chose de moins conventionnel pour cette belle soirée d'été. Elle examina son reflet dans la glace. Elle n'avait pas les formes d'une top-modèle, mais la robe qu'elle s'était achetée lui allait bien. La couleur seyait à sa peau hâlée. Courte, elle effleurait joliment son corps mince tandis que ses chaussures à petits talons flattaient ses jambes nues et bronzées.

Il ne s'agissait pas d'un rendez-vous galant, elle le savait. Mais pourquoi n'aurait-elle pas porté le genre de toilette que n'importe quelle autre jeune femme aurait mise si on l'avait invitée au restaurant ?

Luca attendait Ellie dans la cuisine, comme convenu. Lorsqu'elle entra, il se tourna lentement vers elle.

— Vous êtes à l'heure. Parfait.

Il avait peaufiné l'art de lorgner la jeune femme, évitant de l'envelopper du regard. La réaction qu'elle lui inspirait le prenait sans cesse au dépourvu, stimulant la partie la plus intime de son anatomie. C'était inopportun, inapproprié et incompréhensible, car Ellie n'était pas du tout son genre. Trop menue, trop véhémente, trop franche. Et elle avait trop peu de poitrine.

Il avait souligné à dessein la nature professionnelle de leur relation : fini les conversations dans la cuisine, qui véhiculaient plus d'intimité qu'il n'était convenable. Ils avaient dans le salon des entretiens formels. Même s'il avait décidé de faire une entorse à ses résolutions en invitant ce soir la jeune femme dans un pub chic, à la campagne.

Luca ne comprenait pas pourquoi Ellie affectait sa libido de cette façon ; il luttait pour maîtriser cet égarement des sens. Le seul moment où il avait cédé à la tentation de la toucher avait déclenché dans son corps une réaction d'une intensité choquante. Sous ses doigts, la peau d'Ellie avait eu la douceur du satin. Il avait dû réprimer l'envie folle de glisser un doigt dans sa bouche pour qu'elle le suce, puis de l'attirer ensuite à lui pour se perdre dans sa douceur.

Ellie portait une robe qui épousait les lignes de son corps svelte et accentuait sa grâce de danseuse. Elle avait de jolis petits seins ronds et fermes, des jambes hâlées et fuselées, et ses cheveux courts soulignaient les contours de son visage délicat aux grands yeux verts, la ligne gracieuse de son long cou.

— Je suis à l'heure, en général, dit-elle. La dernière fois, j'avais une bonne raison d'être en retard.

— Je vous crois. Vous n'êtes pas de ces femmes qui programment une arrivée tardive pour faire une entrée remarquée.

Ellie se demanda s'il faisait du second degré. Son ancien manque d'assurance se ranima. Elle avait cru l'avoir mis au repos, pourtant ! Il avait été dur de vivre dans l'ombre de Lily, dans le rôle du vilain petit canard doté d'intelligence. D'autant que leur mère n'avait pas caché sa préférence pour sa cadette. Mais c'était seulement maintenant, en compagnie de Luca, qu'Ellie réalisait la profondeur de ses blessures d'autrefois.

Pourtant, Luca était si imparfait dans tous les domaines qui pour elle faisaient la valeur d'un homme ! Certes, elle avait entrevu en lui quelque chose de plus complexe. Mais il restait un milliardaire arrogant, impitoyable, incapable de compromis. Confronté à l'arrivée de son jeune filleul, il n'avait consenti à aucune concession, jusqu'à ce que la fugue de Jake l'oblige à rectifier le tir. Si celui-ci ne s'était pas enfui, combien d'échanges aurait-il eus avec son intimidant parrain ? Pas un seul, probablement.

Cependant, parallèlement à ces mauvais côtés, Luca était la splendeur physique incarnée. C'était un spécimen masculin si parfait, si diaboliquement sexy ! Dès qu'elle posait les yeux sur lui, elle se retrouvait à la merci d'une myriade de sensations déroutantes. Elle savait que Luca était de ces hommes qui seraient toujours excités par les blondes à longues jambes comme Lily. Son attirance pour lui avait quelque chose de rageant. Elle pouvait en rejeter la responsabilité sur ses hormones, se dire qu'il était follement séduisant et qu'il était donc normal qu'elle soit séduite, mais tout cela n'était pas pertinent. Luca n'était pas son genre. Alors, pourquoi le trouvait-elle si fascinant ?

La manière dont il l'observait, masquant l'expression de ses grands yeux noirs, l'amena à se demander ce qu'il pensait. Était-il amusé parce qu'elle avait fait des frais de toilette ? Supposait-il qu'elle s'était monté la tête, imaginé que cette sortie était une sorte de rendez-vous et non une variation de leur débriefing quotidien au sujet de son filleul ?

— Les entrées théâtrales, ce n'est pas mon style, et je suis toujours à l'heure, dit-elle, non sans se maudire d'être si ennuyeuse. Je… Mon travail l'impose.

— C'est-à-dire ?

— Quand on enseigne, on ne peut pas se permettre des horaires à la carte. Il faut arriver à l'heure, et cette habitude s'incruste. Ce n'est pas très sexy, je vous l'accorde.

Elle rougit comme un coquelicot et détourna les yeux, tandis qu'il souriait et se rapprochait d'elle.

— Cela me plaît. On prétend à tort que les hommes

aiment devoir attendre parce qu'une femme n'en finit pas d'appliquer sa peinture de guerre. À propos…

Il marqua un temps d'arrêt, et Ellie, frémissante, comprit qu'elle anticipait qu'il *tente quelque chose.* Il était tout proche, elle était enveloppée par sa chaleur virile.

— … il faudrait qu'on se mette en route, conclut-il.

La bouche sèche, elle réussit à demander d'une voix enrouée :

— Où va-t-on ?

— J'ai pensé qu'on pourrait s'éloigner un peu de Londres.

Elle le suivit jusqu'au garage qui abritait sa Maserati. Il lui ouvrit la portière côté passager, elle se glissa dans l'habitacle luxueux qui fleurait bon le cuir.

Il se tourna vers elle à l'instant où il mettait le contact, faisant ronronner le moteur.

— Dans quarante minutes, nous pourrons goûter les joies d'un pub de village. Je ne suis pas fan de la campagne, mais je n'ai pas souvent l'occasion de faire rouler cette voiture, alors pourquoi pas ?

Luca conduisait avec l'habileté et l'assurance d'un homme à l'aise au volant d'un bolide. Tout en parlant de Jake et de ses progrès, Ellie se laissa aller à contempler le mouvement de son avant-bras musclé maniant le levier de vitesses, la beauté racée de son profil tandis qu'il se concentrait sur la route.

— Cela prend plus de temps que je ne pensais, lâcha-t-il.

— Quoi donc ?

— Bâtir la relation avec Jake.

— Cela ne se fait pas du jour au lendemain. Pensez à votre propre enfance et à la complexité de vos relations avec vos parents. Tout repose sur l'établissement de la confiance, du droit pour chacun de commettre des erreurs sans que cela compromette l'équilibre de la relation.

— Je ne peux guère me fonder sur mon expérience. Ne vous faites pas une idée idyllique de mon enfance, s'il vous plaît. J'ai été envoyé en pension très jeune, après la mort de ma mère. Ma relation avec mon père était on ne peut plus simple : il payait les frais scolaires.

— Vous dites ça avec un tel… détachement.

Il avait les lèvres serrées et l'expression de quelqu'un qui n'avait guère de souvenirs empreints d'émotion.

— À quoi bon se mettre dans tous ses états au sujet d'un passé qui ne peut être changé ? dit-il. Vous travaillez dans une école. Vous avez sûrement rencontré des gosses avec des problèmes bien plus criants que ceux d'un gamin de huit ans issu d'une famille riche expédié en internat.

— Je suppose qu'on peut voir les choses comme ça…

La brutalité de ces faits ! Mort de la mère, envoi en pension, père absent, et tout cela à l'âge de huit ans. La situation de Luca paraissait très différente de celle de Jake. Le père de Luca n'avait pas cessé d'être là, lui, mais au lieu d'aller vers son fils, il avait choisi de lui tourner le dos.

— Il vous sera difficile d'établir un lien si…

— En fait, nous devons accélérer le processus, la coupa-t-il. Jake est avec une voisine ce soir mais, tôt ou tard, il va falloir se mettre en quête d'une nounou. Et lorsqu'elle sera choisie, il devra pouvoir se fier à ma relation avec lui, à la possibilité d'un univers familial plus heureux.

L'humanité qui perçait parfois sous l'attitude glaciale de Luca était aussi fugitive que les instants où il laissait entrevoir qu'il était loin d'être l'homme de pouvoir insensible dont il portait la carapace. Pourtant, Ellie en était émue, sans s'expliquer pourquoi. Il n'était pas surprenant qu'il soit incapable d'établir une connexion avec son filleul : on l'avait entièrement coupé d'une vie de famille ! Malgré les hauts et les bas de sa propre expérience familiale, elle avait du moins connu un vrai foyer.

— Accélérer le processus ? fit-elle. Comment comptez-vous y parvenir ?

— C'est vous qui avez l'intuition nécessaire pour sentir les gens et les choses, répondit Luca. Vous devriez avoir quelques idées. Le temps ne joue pas en ma faveur. Vous allez réfléchir à la façon dont nous résoudrons ce problème. Bon, nous voici arrivés.

Le pub était une construction à colombages, avec des murs crème et une cour en longueur où des voitures de luxe et quelques motos étaient garées. Il faisait encore chaud, même si le soleil était à présent bas dans le ciel. Le jardin situé à l'arrière était envahi : il ne restait qu'une ou deux tables libres. Luca jeta son dévolu sur l'une d'elles et aida Ellie à s'y installer. Il commanda une bouteille de vin, qu'on leur apporta sans tarder.

— Bon, revenons à Jake, dit-il en servant deux verres.

Ellie enregistra la présence des clients d'allure huppée qui occupaient les tables autour d'eux. Elle se concentra sur le beau visage de Luca.

— Comment pouvez-vous me croire capable d'opérer un miracle, d'accélérer le rétablissement émotionnel de Jake et de cimenter votre relation ? Si vous pensez ne pas avoir besoin de vous impliquer dans la recherche d'une solution et vous contenter de rentrer un peu plus tôt que d'habitude, vous vous trompez ! Ce que je vais dire ne va pas vous plaire, mais ce n'est pas avec une débauche d'argent que les choses se régleront, comme cela a pu être le cas pour vous lorsque vous étiez enfant.

À son avis, l'approche de la vie froide et dénuée d'émotion de Luca découlait de la manière dont son père avait géré la situation. Et on ne pouvait certes pas affirmer que ce résultat était un éclatant succès, même si Luca était riche comme Crésus !

Elle eut soudain le désir insensé de lui caresser la joue. Les limites à ne pas franchir étaient chez lui forgées d'airain, et elle se demanda si quelqu'un était parvenu à y percer une brèche. Une de ses maîtresses ? Elle pensait que non. Il ne leur aurait jamais permis de venir assez près.

Il y eut un silence.

— Vous avez des yeux extraordinaires, murmura-t-il.

Son ton laissait transparaître qu'il était aussi surpris qu'elle par ce qu'il venait de dire.

— Pardon ?

— Ils sont d'un vert étonnant, clair et transparent comme du verre poli par la mer.

Ellie rougit.

— Je… Je ne crois pas que ce soit… approprié, si ?

— Peut-être pas, murmura Luca dont les yeux se portèrent sur sa bouche aux lèvres pleines, couleur de fraise écrasée et faites pour le baiser.

— Cessez de me regarder comme ça !

— Cela vous déplaît ?

— Oui.

Luca haussa les sourcils, sourit, et Ellie le soupçonna de croire qu'elle aimait qu'il la dévisage. Elle qui n'avait jamais joué avec le feu, voici qu'elle avait l'impression de tenir une boîte d'allumettes dans une main et un bidon d'essence dans l'autre. Elle n'avait pas envie de craquer une allumette !

— Vous devez passer de plus longues périodes de temps avec Jake, dit-elle, les ramenant à l'objet de leur réunion. Ce serait la bonne méthode, je crois, si vous voulez accélérer les choses. Une demi-heure chaque soir, c'est mieux qu'avant, mais loin d'être suffisant.

Certains mots qu'elle avait prononcés le frappèrent. Luca prit conscience d'avoir décroché un instant parce qu'il était trop occupé à la regarder. « Passer plus de temps »… Pour lui, le temps c'était de l'argent, mais il était acculé.

Soudain, une voix proche se fit entendre, qu'il reconnut avant même de comprendre qu'elle s'adressait à lui.

Mon Dieu, Heidi…

Heidi Troon était son ex. Elle n'avait pas accepté leur séparation avec philosophie. Elle avait hurlé, l'avait accusé de l'avoir menée en bateau, puis avait pleuré, gémi, et enfin, faute de recevoir la réponse qui lui convenait, avait quitté son appartement après l'avoir abreuvé de noms d'oiseaux et menacé de vengeance. Depuis, son départ assaisonné au vitriol ainsi qu'un certain ennui à l'idée de courtiser une remplaçante avaient poussé Luca à s'étourdir de travail. Jake n'avait pas tiré un heureux avantage de cette situation…

Luca se tourna vers Heidi avec réticence. Ses grands yeux bleus dévisageaient Ellie avec curiosité, puis se portèrent sur lui. C'était une femme faite pour tourner la tête des hommes, avec des jambes interminables, une chevelure blonde cascadant jusqu'à la taille, une femme qui savait jouer de ses considérables atouts. Elle portait une courte jupe rouge, un petit haut noir et blanc qui épousait ses formes, et la longueur de ses jambes était accentuée par le port de sandales à talons d'au moins quinze centimètres.

— J'ai essayé de te joindre, ronronna-t-elle, crispant Luca. Nous nous sommes quittés en mauvais termes et, après, j'ai voulu me faire pardonner. J'ai téléphoné et envoyé des messages…

— Je sais.

— Pourquoi n'as-tu pas répondu ?

— J'étais débordé. Heidi, je te présente Ellie.

Ellie n'avait jamais vu une femme aussi sensationnelle que cette blonde. Elle ne savait pas très bien si elle devait se lever ou rester assise, sourire ou tendre la main, expliquer sa présence auprès de Luca. Elle choisit de regarder au loin sans rien dire, le laissant gérer la situation.

— Je voudrais te parler, Luca. Loin des oreilles indiscrètes.

Luca soupira et se leva, visiblement tendu et agacé.

— Je reviens, lui dit-il.

Ellie sourit à s'en décrocher la mâchoire, tel un jouet dont on aurait remonté la mécanique. Elle était si gênée ! S'était-elle réellement imaginé que cette sortie allait tourner au rendez-vous ? Eh bien, elle venait de retomber sur terre. Et elle avait intérêt à retenir la leçon.

Lorsque Luca revint, la blonde ne l'accompagnait pas. Ellie avait entamé le contenu de son assiette.

— Désolée, dit-elle avec raideur.

— De quoi ?

— D'avoir été un obstacle si vous aviez envie de dîner avec votre amie.

— Si j'avais voulu qu'elle reste, je le lui aurais demandé. Sa compagnie était la dernière chose dont j'avais envie.

— Elle a dû se montrer curieuse à mon sujet. Que lui avez-vous dit ?

— Rien. Ce ne sont pas ses affaires.

Luca haussa les épaules.

— Nous sommes sortis ensemble il y a un moment, expliqua-t-il. Cela n'a pas duré, mais elle a mal encaissé la rupture, bien que j'aie été honnête avec elle dès le départ. Elle a essayé de reprendre contact, j'ai ignoré ses messages. Pour moi, c'était terminé. Désolé que la situation vous ait mise mal à l'aise.

— Pas du tout, mentit Ellie. Mais cela ne vous dérange pas qu'elle puisse se faire une idée fausse ?

— Une idée fausse… ? Ah, je vois où vous voulez en venir, fit Luca avec une expression amusée. Quoi qu'elle s'imagine, c'est son problème. Je ne peux pas lui dicter ses pensées, et je n'ai jamais éprouvé la nécessité de me justifier avec qui que ce soit.

— Il ne vous est pas venu à l'esprit que je pouvais attacher de l'importance à l'idée qu'on se fait de moi ? demanda Ellie.

— Non. Vous ne connaissez pas Heidi, pourquoi vous préoccuperiez-vous de ce qu'elle pense ? Vous ne la reverrez jamais, et si elle cancane avec ses amis, ça ne fera aucune différence puisque vous n'en saurez rien.

Ce qu'il disait tombait sous le sens, mais Ellie était catastrophée que sa réputation fasse l'objet des commérages de la jolie blonde. Il lui déplaisait d'être vue avec Luca et de passer pour sa maîtresse. Elle avait noté que Heidi l'avait dévisagée, l'air évaluateur et vaguement apitoyé.

— Oubliez ça, lui dit avec décontraction Luca. Si vous commencez à vous préoccuper de ce que les autres pensent, vous allez devenir chèvre.

— Merci du conseil, marmonna Ellie.

Ça se passait peut-être comme ça dans son monde à lui, mais pas pour elle. De plus, cette histoire avait gâché l'ambiance, et elle avait beau réaliser l'absurdité de sa déception, elle ne pouvait pas s'empêcher d'être abattue.

— De rien, lâcha-t-il d'une voix traînante. Un jour, vous me remercierez, même si, pour le moment, vous semblez d'humeur à m'envoyer à l'échafaud.

— Tout le monde ne voit pas les choses comme vous.

Elle restait sur la défensive, alors que Luca semblait avoir déjà relégué aux oubliettes le désagréable incident. Il esquissa un sourire. Ce sourire s'élargit et, troublée, Ellie sentit s'évanouir sa résolution de ne pas oublier qu'ils avaient un rendez-vous d'affaires.

— Quel dommage ! Bon, revenons à nos moutons. Je voulais discuter d'une chose avec vous, avant cette déplaisante interruption. Vous m'avez recommandé de passer plus de temps avec mon filleul, et je suis d'accord. Je ne vois pas d'autre moyen d'y parvenir que de fuir le bureau.

— C'est-à-dire ?

— De prendre un congé. Quinze jours. Je ne pourrai pas éviter totalement de travailler, mais je serai déchargé d'un grand nombre de choses. Je possède une villa à Majorque. Il y a une éternité que je n'y suis pas allé, il me semble que ce serait une excellente occasion de s'y rendre. Il faudra que vous veniez, naturellement.

— Quinze jours ? Hors du pays ?

Le soleil, la mer, le sable… et Luca. Dangereux cocktail, se dit Ellie.

— Ce sera des vacances de rêve, vous verrez. Des vacances professionnelles, en ce qui concerne votre interaction avec Jake, mais la détente sera garantie. La villa est à cinq minutes à pied d'une crique privée. Quand nous rentrerons à Londres, nous pourrons entreprendre la chasse à la remplaçante, et j'espère que ce séjour à temps plein avec Jake jettera un véritable pont entre lui et moi.

— Quand partirions-nous ? J'avais espéré monter dans le Nord, ce week-end. Ma sœur vient en Angleterre et semble désireuse de me voir…

— Je devrais pouvoir boucler ce qui doit l'être et décharger mon emploi du temps d'ici trois jours. Votre sœur peut attendre. Trois jours, ça vous donne le temps d'acheter les vêtements d'été dont vous pourriez avoir besoin, ainsi que pour Jake. Il fera très chaud à Majorque. Des questions ?

Aucune, pensa Ellie. Pourtant, un bouleversement survenait dans sa vie et sa routine rassurante allait être chahutée. En signant le contrat, elle avait en quelque sorte vendu son âme. Alors, quelles questions aurait-elle bien pu poser ?

Ellie était dans la cuisine avec Jake quand le claquement soudain de la porte d'entrée les fit tressaillir. Quelques secondes plus tard, Luca entra dans la pièce, l'air furieux. Il flanqua deux journaux sur la table et, avant qu'Ellie ait pu se remettre de son saisissement, il lâcha :

— Regardez la page des potins.

Puis il se tourna vers son filleul.

— Jake, grande nouvelle. Nous partons en voyage. Va voir Miss Muller et commence à préparer ce que tu aimerais mettre dans ta valise. Ellie te rejoindra dans une minute.

— On a acheté des Lego. Je peux les emporter ? demanda Jake, qui leva vers Ellie un regard inquiet.

— Tout ce que tu voudras, dit Luca.

Puis il parut réfléchir, s'accroupit près de Jake et reprit d'une voix adoucie :

— Mais il y aura des tas de choses à faire, là-bas. Il y a une piscine, la mer… et même un bateau.

— Un bateau ?

Le regard de Jake s'était éclairé et, pour la première fois, Ellie vit chez lui un réel intérêt pour les propos de Luca. Ce dernier s'efforçait, nota-t-elle, de ne pas oublier qu'il avait affaire à un enfant de six ans et de dompter son impatience.

— Oui, un petit, mais il n'y a pas besoin d'un truc luxueux pour faire de la voile.

— Tu m'apprendras à conduire le bateau ?

— Je pourrais faire ça, oui.

Luca sourit. Ellie en eut la gorge nouée. Quelque chose fit surface en elle, très différent du trouble sensuel qui s'emparait d'elle en présence de son superbe employeur. La manière dont il se comportait en ce moment avec Jake l'émouvait.

Jake sortit de la cuisine. Alors Luca se servit un verre d'eau et se débarrassa de sa cravate.

— Apparemment, mon ex nous a joué un sale tour. Vous voici devenue ma dernière conquête dans la longue liste de mes maîtresses.

Ellie pâlit. Elle saisit un tabloïd. En gros caractères s'étalaient des révélations fracassantes sur une relation qui, Heidi avait veillé à le souligner, ne pouvait pas être sérieuse, car l'homme le plus courtisé de la planète avait élu une femme qui n'était pas son genre.

— Je suis encore plus furieux que vous ! commenta Luca.

— Vous devez dire à ces journalistes que tout ceci est faux ! s'écria Ellie. Il faut démentir !

Elle était horrifiée à l'idée de ce que penserait son père. Il serait si déçu ! Elle n'avait jamais été une fille facile, ni la cible de la presse à scandale. Il ne serait pas forcément au courant, mais Lily, elle, dévorait ce genre de presse.

— Je n'aborde en aucun cas ma vie privée avec les journalistes, dit Luca, qui manifestait une agitation inhabituelle. Un conseil : jamais d'entretien avec un paparazzi si on veut éviter que chaque mot soit déformé.

— Que suggérez-vous, alors ? Cela vous laisse peut-être indifférent, mais *moi* pas !

— Cela se tassera. D'ailleurs, même si vous apprenez la vérité à votre père, cela ne fera pas disparaître les articles. Des reporters vont essayer de vous prendre en photo.

— Me prendre en photo ? s'écria Ellie en pâlissant.

— Sauf si nous quittons le pays dès maintenant. J'ai fait préparer mon jet privé, je veillerai à ce qu'on ne soit pas suivis. Ma villa majorquine est plus protégée que la Banque d'Angleterre. Quand nous serons de retour ici, cette histoire aura fait long feu. Tout finira par s'arranger, acheva-t-il avec une gentillesse inattendue. Il faut me faire confiance.

7.

Une heure et demie après leur discussion dans la cuisine, ils sortirent par une porte dérobée pour monter dans la Maserati de Luca, au volant de laquelle était installé un chauffeur. Il n'y avait pas de journalistes en vue, mais deux Range Rover noirs les suivaient à distance.

Ellie n'avait guère de vêtements d'été, aussi sa valise était-elle pleine de ses tenues habituelles – jeans et T-shirts, un short ou deux, des sandales. Jake, par chance, était bien pourvu grâce aux cadeaux dont Luca l'avait inondé.

Le soleil déclinait quand ils parvinrent sur le tarmac, à quarante minutes de route de Londres. En voiture, Luca avait travaillé, Jake regardé par la vitre avec excitation sans cesser de demander : « Quand est-ce qu'on arrive ? ». Ellie, elle, s'était étonnée que sa vie si bien policée ait volé en éclats de façon aussi soudaine et imprévisible.

C'était un départ à l'aventure. Or elle n'était pas aventureuse. Lily l'était. Et cette pensée la ramena sans cesse, pendant tout le trajet, à son père. Pourvu qu'il ne lise pas toutes les inepties des torchons à scandale !

Le jet privé – que Luca, blasé, regarda à peine – était une merveille. Profilé, noir et puissant, il impressionna Jake, à tel point qu'il se rapprocha de son parrain. La promesse de leçons de voile avait ouvert une brèche dans le mur qui les séparait, même s'ils ne le réalisaient pas encore. Ellie les laissa s'essayer à communiquer sans son entremise.

Jake posa des questions sur l'avion, auxquelles Luca

répondit de façon claire et concise, à la portée d'un enfant de six ans.

— Tu pourrais m'apprendre à piloter ? suggéra le petit une fois à bord en mettant sa ceinture de sécurité.

Luca éclata de rire.

— Ça devra attendre. Je n'ai pas encore eu le temps de passer mon brevet de pilote. Mais ne t'inquiète pas. Tu veux piloter mon jet ? Tu en auras l'occasion quand tu seras prêt.

— Waouh, murmura Ellie, sincère, alors que Luca s'asseyait près d'elle et que Jake, derrière eux, s'amusait avec sa tablette. Je crois que vous avez pigé comment fonctionne la relation père-fils…

Elle rougit et corrigea maladroitement :

— Je voulais dire parrain-filleul.

— Restez sur la première version, dit Luca en sortant son ordinateur portable. C'est la plus appropriée, puisqu'il héritera un jour du trône.

— Du trône ?

— Tout ce que j'ai lui appartiendra un jour. J'aimerais avoir une relation digne de ce nom avec l'enfant qui héritera de mon empire.

— Plus profonde que celle que vous avez eue avec votre père ? lâcha Ellie.

Au lieu de se fermer, Luca approuva.

— Quelque chose comme ça.

Puis, l'ayant dévisagée pendant quelques secondes, il ajouta avec douceur :

— Et ne vous inquiétez pas de ce que les gens penseront ou diront d'un ou deux articles méprisables. Je vois que ça vous tracasse. Ne vous laissez pas obséder par ça.

Elle hocha la tête sans rien dire. Le jet commença à rouler en vue du décollage. Il s'éleva dans le ciel telle une fusée, et elle ne put réprimer un élan d'excitation qui réussit à la distraire quelques instants.

— Avez-vous pu joindre votre père ? lui demanda Luca lorsqu'ils eurent atteint la vitesse de croisière.

— Non, dit-elle, morose.

— Il est probable qu'il ne verra pas les articles. Aurait-il l'habitude de lire les tabloïds ?

— Un des journaux que vous avez apportés n'a rien d'un torchon à scandale, observa-t-elle, anxieuse.

Luca vivait décidément dans un autre monde, pensa-t-elle une fois de plus. Il était au sommet de l'échelle, ne se souciait donc pas de l'opinion des autres et avait la liberté de faire ce qu'il voulait. Elle avait l'impression d'avoir affaire à une sorte d'extraterrestre.

— Vous vous égarez dans des détails, lui dit Luca.

Il sourit à la jeune femme. L'angoisse de celle-ci aurait dû l'irriter, car il détestait les gens qui se noyaient dans un verre d'eau. À ses yeux cette histoire de rumeurs était un problème sans importance. Mais il n'était pas agacé. En fait, il avait envie de rassurer Ellie. Il sentit s'émouvoir la partie la plus virile de son anatomie alors que son regard se posait sur sa bouche pulpeuse. Il inspira, cherchant à recouvrer le contrôle de lui-même. Il y serait arrivé plus facilement si elle ne l'avait pas dévisagé de ses grands yeux qui auraient attendri un bloc de granit.

— C'est une tempête dans un verre d'eau, croyez-moi. Je suis un homme d'affaires, pas une star. Les paparazzis ont jeté leur dévolu sur moi parce que je suis riche, et parce que Heidi est mannequin et aime faire la une. Les reporters l'adorent, et elle sait s'y prendre pour salir les autres.

— Ce qui est insignifiant pour vous est un cauchemar pour moi, soupira Ellie. Même si mon père ne lit pas les tabloïds, ma sœur les dévore, elle, et elle le mettra au courant dans tous les détails.

— Ah, la fameuse sœur ! Celle avec qui j'aurais tant de choses en commun, selon vous. Vous aviez dit quelque chose dans ce genre-là, il me semble.

Ellie haussa les épaules, détourna les yeux. Elle ne voulait pas parler de Lily, elle ne voulait pas que Luca manifeste de la curiosité à son sujet. Elle se demanda pourquoi. Ils n'allaient sûrement jamais se rencontrer. L'idée que cela puisse se produire lui faisait horreur, mais elle refusa d'analyser en quoi.

— Je vais essayer d'encaisser ça de mon mieux, dit-elle. Mais ce genre de chose ne se produit pas dans le monde où je vis. Vous, vous avez l'habitude. D'ailleurs, vous ne vous souciez pas de ce que les autres pensent. Nous sommes aussi différents que le jour et la nuit.

— Je ne prétendrai pas le contraire.

— C'est pour ça que toute cette histoire est si ridicule, lâcha Ellie, réfléchissant à haute voix.

— Pourquoi ?

— Parce que…

Elle se tut, car Luca était plus proche qu'elle ne l'avait cru, et cela la perturbait de humer la senteur de son après-rasage, de voir les éclats fauves qui dansaient dans les profondeurs de ses yeux noirs.

— Parce qu'il suffit de nous voir pour savoir qu'il est impossible que nous soyons autre chose qu'un employeur et son employée, réussit-elle à dire.

— Vous ne vous rendez pas justice. Qu'est-ce qui vous fait penser que je ne vous trouve pas sexy ?

Elle écarquilla les yeux, puis s'insurgea :

— Ne vous sentez pas tenu de me complimenter pour que je me sente mieux dans ma peau ! Je me sens très bien. Je suis réaliste, c'est tout.

— Regardez-vous dans une glace, Ellie, lâcha Luca, d'une voix légère qui ne révélait rien de sa pensée.

Ellie avait la tête qui tournait. Elle n'arrivait pas à soutenir son regard. Qu'était-il en train de dire ? Qu'il la trouvait attirante ? Elle ne pouvait pas croire ça. Elle avait vu sa dernière petite amie en date, et elle n'avait rien de commun avec elle. Si elle avait eu le physique de Lily, là, ça aurait été différent…

Ellie avait en horreur son manque d'assurance, qui avait refait surface depuis qu'elle avait rencontré Luca. Était-ce parce que Luca faisait partie des apollons, une caste qu'elle s'attachait à éviter ? Elle avait fait profil bas après sa relation avortée avec Paul. Elle connaissait les limites de son pouvoir d'attraction et savait se contenter de ce qu'elle avait. Quant aux compliments de Luca… De quel droit la prenait-il en pitié ?

— Je me vois dans la glace tous les jours, et je ne suis pas une blonde d'un mètre quatre-vingt-cinq, en cheville avec des journalistes, et qui aime avoir sa photo à la une des journaux.

— Non, certainement pas.

— Et c'est tant mieux ! s'écria-t-elle, piquée.

— Mais comme mon ex-maîtresse le pointe clairement dans ce fichu article, la théorie de l'attirance des contraires tient peut-être la route ?

Ellie eut un rire bref.

— Ça m'étonnerait.

Elle commençait à ne plus savoir où se mettre, car la conversation semblait vagabonder dans toutes sortes de directions imprévisibles ; et plus elle empruntait des chemins de traverse, plus Ellie avait le sentiment de perdre pied.

— Les hommes recherchent toujours le même genre de femme, marmonna-t-elle.

— Vous l'avez observé personnellement ?

— Eh bien, oui, dit-elle, soutenant le regard de Luca. Même si ma vie privée ne vous regarde en rien.

— Certes. Bien que…

— Bien que… ? répéta Ellie.

Elle sentit croître son inquiétude alors qu'il continuait à la fixer avec une intensité songeuse, de ses yeux noirs si perturbants et fascinants.

— Nous allons vivre dans la compagnie l'un de l'autre plus que cela n'a été le cas jusqu'à présent, nota-t-il.

— J'en suis consciente, mais c'est pour Jake que je suis là. C'est comme si vous étiez en voyage d'affaires avec votre secrétaire, je suppose.

— Pas du tout, rectifia sans ciller Luca. Je n'ai jamais partagé une villa avec ma secrétaire. Sans parler du fait que votre rôle auprès de Jake place tout ceci sur un plan personnel.

— « Personnel » n'est peut-être pas le mot qui convient.

Il haussa les épaules.

— Je voulais seulement souligner qu'il y aura des limites à la formalité, à la villa. Il me semble loyal de vous en avertir, au cas où cette situation vous rendrait nerveuse.

— Je vous en remercie, dit poliment Ellie.

Comme le jet commençait sa descente, elle se leva pour voir Jake et l'incita à s'asseoir près d'eux. Ils bouclèrent leurs ceintures, puis le jet amorça la manœuvre d'atterrissage.

La villa était à couper le souffle !

Ils avaient roulé en 4x4 durant deux heures à travers un paysage montagneux luxuriant. Jake et elle n'avaient cessé de s'exclamer en entrevoyant au loin des pans d'océan turquoise.

La plus proche ville était loin derrière eux, remplacée par des collines où s'égaillaient des maisons chaulées de blanc ; des rubans d'asphalte grimpaient à partir de la route principale pour disparaître sous les frondaisons. On distinguait à peine ce paysage, à présent, car la nuit était tombée. La villa elle-même était brillamment éclairée. C'était un lieu paisible, à l'abri de tout objectif indiscret, et surveillé par de nombreuses caméras.

— J'aime préserver mon intimité, expliqua Luca.

Ellie en conclut qu'il avait dû être véritablement furieux lorsque son ex avait piétiné cette intimité tant prisée.

Le premier jour, ils se la coulèrent douce. Luca leur fit visiter la villa. C'était un lieu paradisiaque. Couleurs pastel, persiennes protectrices et, sur le pourtour de la maison, une véranda en bois. La brise entrait par les fenêtres ouvertes en un murmure, comme une berceuse. La piscine à débordement semblait tout droit sortie d'un magazine de luxe.

Ellie sentait que toute sa tension commençait déjà à se

dissiper. Jake n'était pas insensible non plus à la magie des lieux. Son petit visage pâlot s'était décrispé. Ils allèrent en promenade jusqu'à la crique privée, où Ellie lut à l'ombre tandis que Luca jouait avec Jake dans les eaux peu profondes. Le garçonnet demanda quels poissons vivaient dans la mer, poussait des cris lorsque l'eau déferlait un peu trop fort sur ses chevilles. Quand Luca se retira pour passer des appels professionnels, Ellie bâtit avec Jake un château de sable.

Juanita, la gouvernante, était présente à la villa. Elle passait une fois par semaine quand la maison n'était pas occupée, pour aérer les lieux et s'assurer que tout allait bien. Pendant leur séjour, elle viendrait quotidiennement et se chargerait aussi de la cuisine. Ellie était sidérée par ce déploiement d'opulence.

— Si vous n'utilisez pas cette villa, demanda-t-elle à Luca, qui y vient, alors ?

Il haussa les épaules.

— Des amis. Des collaborateurs. Parfois des clients.

— Quel dommage que vous n'en profitiez pas ! C'est si beau, ici.

— C'est un investissement. Qu'y a-t-il de mal à ça ?

Ellie trouva triste qu'il ne perçoive pas la faille de son argumentation, mais elle préféra ne pas s'aventurer davantage en terrain privé avec Luca.

Après le coucher de Jake et le dîner préparé par Juanita, Ellie regagna sa chambre. Elle téléphona à son père et balbutia une explication pour tout article indécent qu'il aurait pu lire. En fait, il savait tout grâce à Lily, à présent en Angleterre. Puis elle parla à sa sœur, qui ne put contenir sa curiosité et posa tant de questions au sujet de Luca qu'Ellie en eut la migraine.

Heureusement, elle s'endormit rapidement, des images de Luca plein la tête…

*
* *

Peu à peu, Luca passa plus de temps avec Jake. C'étaient de petits pas, mais dans la bonne direction. Les timides avances que le petit garçon avait faites à Luca se poursuivaient, lentes mais sûres. Il commença à jouer avec naturel et à faire preuve de la vitalité normale d'un gamin de six ans.

Ellie adopta une attitude en retrait, expliquant à Luca qu'il était bon qu'il reste en tête à tête avec Jake, qu'elle ne soit pas sans cesse présente car, lorsqu'elle était là, Jake était tiraillé entre eux deux.

Le soir du troisième jour, alors que Luca avait passé près d'une heure avec son filleul sans périr d'ennui et consulter impatiemment sa montre, elle lui confia :

— Vous faites des progrès de géant. Si vous continuez comme ça, à notre retour à Londres, vous pourrez chercher une autre nounou. Jake sera assez à l'aise pour vous considérer, vous comme l'adulte principal de sa vie, et la baby-sitter comme une figure secondaire. Il se sentira chez lui, et la bataille sera plus qu'à moitié gagnée.

Ils étaient sur la véranda, Ellie installée dans un fauteuil en rotin avec un livre sur les genoux, Luca appuyé à la balustrade en bois, la regardant de toute sa hauteur.

Dans la maison, Juanita, qui s'était d'emblée prise d'affection pour Jake, lui apprenait à parler espagnol.

Ils s'étaient rarement trouvés seuls jusqu'à présent. Juanita, qui arrivait à 8 heures et partait à 19 heures, était constamment présente et, lorsqu'elle n'était pas là, Jake occupait l'espace. Leur isolement était donc inattendu et, seule avec Luca, Ellie se sentait nerveuse.

Quelques jours au soleil avaient hâlé la peau mate de son si séduisant employeur, qui avait à présent la couleur de l'or bruni. Son physique élancé et tout en muscles était mis en valeur par les bermudas et T-shirts qu'il portait. Elle détourna les yeux, prise de trouble, la peau en feu. Elle était soudain mal à l'aise en short en denim et ample T-shirt en coton, pieds nus dans ses sandales.

Comme le silence se prolongeait, elle observa :

— Vous ne considérez pas que je me dérobe à mon devoir en vous laissant passer du temps ensemble, j'espère...

— Si c'était mon sentiment, je vous le dirais. Je constate que cela a amélioré ma relation avec Jake, alors je ne vais pas vous accuser de laisser-aller. Vous faites ce que j'attends de vous. Cela dit, vous pourriez vous détendre pendant votre temps libre, Ellie. Êtes-vous allée à la piscine une seule fois depuis que nous sommes ici ?

— Je... Non, pas encore, mais j'en ai bien l'intention...

Elle avait reculé à l'idée de se présenter devant lui dans son une-pièce noire, préférant rester un peu à l'écart tandis qu'il barbotait dans l'eau avec Jake.

— Vous savez nager, n'est-ce pas ?

— Bien sûr ! J'étais très sportive quand j'étais adolescente.

— Profitez de la piscine, alors ! Vous pouvez oublier le travail de temps à autre.

Luca s'écarta de la rambarde en bois, la rejoignit et se pencha vers elle, les mains sur les bras du fauteuil qu'elle occupait, la tenant prisonnière – ce qui accrut sa nervosité.

Luc capta la délicate rougeur d'Ellie et la façon dont elle se rejetait en arrière pour se tenir le plus loin possible de lui.

— Vous me donnez l'impression que je suis un tyran, dit-il. Je ne vous surveille pas, vous savez...

Ellie sentait les fleurs, la fraîcheur. Il était paralysé, fasciné par la délicatesse de son visage. Elle resplendissait, ici. Ses cheveux courts s'étaient éclaircis au soleil et des taches de rousseur étaient apparues sur son joli nez. Elle avait tout d'une fée. D'une fée incroyablement sexy. Il dut se forcer à se redresser, prenant garde à maintenir une distance entre eux.

— Je sais que vous ne me surveillez pas.

— Tant mieux. Je vais travailler maintenant. Un problème est survenu dans une négociation à Hong Kong. Jake est occupé avec Juanita. Vous pouvez continuer à lire votre livre ici, ou vous retirer dans votre chambre, mais vous pouvez aussi explorer les environs. Je peux prendre des dispositions pour qu'on vous emmène en voiture au village, si vous voulez. Personne ne sait où nous sommes, alors vous ne risquez pas de tomber sur un paparazzi. D'ailleurs, le village est minuscule, et même si je n'y vais pas souvent, j'y finance divers projets et associations. Les habitants protègent mon intimité.

— Je… Je suis très bien ici, merci, dit Ellie, dont le cœur battait la chamade. J'aime lire et je suis très détendue. Ne vous faites pas de souci pour moi.

Il porta le regard sur les pointes délicates de ses seins. Une brusque érection lui donna le vertige et il recula d'un coup. Pourvu qu'Ellie n'ait rien remarqué !

— Parfait, fit-il d'une voix presque sèche, dos à la jeune femme. Du moment que vous savez que vous pouvez prendre du bon temps et que vous n'êtes pas ma servante…

Là-dessus, il se dirigea à grands pas vers son bureau.

Blessée par la rudesse soudaine de Luca, Ellie réalisa que, si elle avait parfois l'impression d'une sorte de camaraderie entre eux, et parfois même l'étrange sensation qu'il la voyait en tant que femme, c'était une illusion. De toute évidence, elle était à ses yeux une de ces personnes ennuyeuses qui se fondaient dans le décor, qu'il fallait obliger à profiter de l'immense domaine, des jardins, de tout ce qui était offert. Elle avait emporté son ordinateur, où s'accumulait du travail scolaire pour la rentrée, travail qu'elle avait dû remettre à plus tard. Rien de folichon pour une jeune femme de vingt ans et quelques, dans un paradis qu'elle n'aurait peut-être plus l'occasion de revoir !

Prise d'une impulsion, elle se rendit dans sa chambre, enfila son maillot de bain, s'arma de lotion solaire, d'une serviette, d'un paréo et d'immenses lunettes de soleil, puis se dirigea vers la crique. Après tout, elle n'avait pas eu une minute à elle depuis leur arrivée, et Jake était avec Juanita.

Ce serait bon de se détendre et de profiter du décor

sans se sentir mal à l'aise parce que Luca était dans les parages, ou tenue à son rôle d'éducatrice parce que Jake était là. Depuis la mésaventure financière de son père, un vrai moment de détente n'avait été pour elle qu'un rêve lointain. Elle aurait été stupide de ne pas en profiter.

Il était plus de 17 heures, mais le soleil était encore chaud, et le murmure incessant du ressac invitait au sommeil. Près de s'endormir, Ellie décida de se baigner. Nageuse aguerrie, elle avait représenté son collège en compétition, et il était si agréable de fendre les flots ! Il y avait longtemps que cela ne lui était pas arrivé – il y avait trop de monde dans les piscines urbaines, et la liberté de la pleine mer était incomparable.

Toute à ses sensations, Ellie nagea droit devant elle. Puis elle s'arrêta, fit la planche et, les yeux clos, s'abandonna au flux de ses pensées.

La vision sexy de Luca se présenta à elle. Elle ne la chassa pas. Elle frémit en se remémorant la sensation de brûlure qu'elle avait éprouvée quand il l'avait touchée. Elle pensa à la beauté ténébreuse de son visage, à la façon dont il s'attardait parfois à la regarder d'un air impénétrable…

Se laissant flotter à la dérive, elle se demanda ce qu'elle ressentirait s'il la caressait intimement. Si ses longs doigts masculins exploraient son corps et éveillaient sa passion. Son sexe s'embrasa, là, au creux des flots, et elle eut envie de se caresser pour soulager sa tension, son excitation…

Sa rêverie et les agréables fluctuations de son moment de paresse furent brutalement interrompues par des mains qui la saisirent, lui emprisonnèrent la taille. Paniquée, elle se débattit, les yeux et la bouche envahis d'eau de mer, toussotant, incapable de comprendre pendant quelques secondes terrorisantes ce qui était en train de se produire.

Elle recouvra ses esprits lorsque la voix de Luca gronda au creux de son oreille :

— Mais à quoi jouez-vous, bon sang ?

*
* *

Ellie ouvrit les yeux, que picotait l'eau de mer. Il était penché sur elle tel un ange exterminateur, la soutenant dans ces eaux profondes comme si elle était aussi légère qu'une plume.

Elle le repoussa, mains contre son torse. Il lui emprisonna les poignets.

— Et *vous*, à quoi jouez-vous ? Lâchez-moi ! s'écria-t-elle.

— Pour que vous continuiez à dériver sur votre petit nuage ? Pas question ! Revenez sur le rivage !

— J'étais parfaitement bien ! cria Ellie.

Surprise, troublée, elle perdait son sang-froid parce que Luca était tout près d'elle, parce qu'elle était presque dévêtue et s'était abandonnée à des fantasmes si agréables – et si tabous…

— D'ici, on ne voit presque plus la rive, Ellie ! s'exclama Luca, qui se dirigea vers la côte en s'assurant qu'elle le suivait.

C'était un nageur puissant, mais elle était aussi excellente nageuse et, par orgueil, elle tint son rythme. Et puis elle ne voulait pas passer pour une faible femme qui avait besoin d'un chevalier servant.

Quand ils parvinrent à terre, elle était épuisée et y prit pied en chancelant. Sans attendre son autorisation, dégoulinant d'eau, Luca la souleva dans ses bras en ignorant ses protestations. Elle se débattit faiblement.

— Reposez-moi !

— Taisez-vous.

— Comment osez-vous me parler comme ça ?

— Avez-vous idée du temps que vous avez passé en mer ? Le soleil est presque couché ! tonna Luca.

Il se dirigeait vers la couverture qu'il avait apportée et abandonnée sur le sable près de la serviette d'Ellie.

— Il y a une heure et demie que vous avez disparu !

— Sûrement pas !

Le soleil déclinait bel et bien, réalisa-t-elle. Une heure

et demie ? Vraiment ? Elle n'avait pas vu le temps passer ! Voilà à quoi menaient les fantasmes débridés…

Cessant de se débattre, elle choisit de rester aussi raide qu'une planche contre Luca, guère démonté par son attitude. Elle se retrouva soudain sur la couverture, les yeux levés vers lui, et s'empressa de se redresser sur les coudes, en position semi-assise. Elle avait le souffle court.

Planté devant elle, jambes écartées, Luca la toisait, la mine orageuse.

— Vous m'aviez proposé de prendre un peu de bon temps, se défendit-elle.

— Je ne suggérais pas une mission suicide en plein océan ! Que savez-vous des courants traîtres qui existent dans ces parages ? Et du nombre de gens qui se retrouvent en difficulté parce que la mer paraît calme et qu'ils s'y croyaient en sécurité ? Il n'y a pas de maître-nageur ici, Ellie !

— Eh bien, fit-elle en se levant d'un bond pour ne plus se sentir en position d'infériorité, quelle chance que vous vous soyez porté à mon secours !

Luca ne l'avait jamais vue ainsi remontée. Ses yeux lançaient des éclairs et, mains plantées sur les hanches, elle ressemblait à une furie. Une furie diablement sexy…

— Je vous interdis de m'agresser parce que j'étais inquiet pour vous !

— Oh ! mais je vous en suis reconnaissante ! Même si je n'étais pas en difficulté. Dites-moi comment je peux vous remercier ? conclut-elle, ironique.

— Comment ? Eh bien, de cette façon, pour commencer…

8.

Il l'embrassa.

Alors même que Luca glissait une main derrière la nuque d'Ellie et inclinait la tête, elle ne pensait réellement pas qu'il allait l'embrasser *pour de bon*. Un frisson électrique la parcourut au contact de ses lèvres. Ce fut un baiser doux – l'espace d'un instant seulement, le temps qu'elle abdique toute défense. Elle soupira contre sa bouche. Elle venait de fantasmer qu'un tel baiser avait lieu, et il y avait quelque chose d'irréel dans la concrétisation enivrante de ce rêve.

La délicatesse érotique du baiser de Luca se modifia, il l'attira contre lui, goûtant à elle avec une gourmandise fougueuse, amenant la rencontre et la fusion de leurs langues, de leurs corps chauds et mouillés.

Ellie renversa la tête alors qu'il prolongeait la caresse, et lui entoura le cou de ses bras. Il était si fort et si musclé ! Elle laissa errer ses doigts vers les épaules de Luca, épousant leurs contours. Son corps mince était en feu, les pointes de ses seins s'étaient raidies, et elle tremblait, instable sur ses jambes. Comme s'il avait perçu sa défaillance, il la souleva sans cesser de coller les lèvres aux siennes, et quand il la déposa sur la couverture, il s'allongea près d'elle. Elle gémit doucement.

Le soleil disparaissait à l'horizon, la lueur douce du crépuscule les enveloppait. Elle se frotta contre lui, à demi effarée par son audace mais se laissant sombrer dans l'ivresse du contact physique, tel un être assoiffé découvrant enfin une source d'eau vive.

Jamais elle n'avait désiré un homme aussi violemment. Elle était tellement dominée par l'intensité de son désir que les mots « bien et mal », « folie et raison » perdaient leur sens.

Luca la plaqua contre la couverture, se mit à lui caresser la cuisse. Elle ouvrit les jambes, et ses doigts glissèrent à leur jonction et massèrent doucement son sexe par-dessus le maillot de bain. Le souffle lui manqua alors qu'il la caressait d'une main ferme et nonchalante à la fois, et qu'elle en perdait l'esprit.

Elle passa une main dans sa chevelure brune et drue. Elle se cambra, amenant ses seins contre son torse. Son maillot de bain humide était un obstacle dont elle ne voulait pas et, alors que la main de Luca quittait son entrejambe et remontait vers un sein, elle glissa les doigts sous une bretelle, indiquant ainsi ce qu'elle attendait qu'il fasse.

Jusqu'alors, le désir sexuel n'avait pas suscité sa curiosité. Elle avait lu des quantités d'articles sur des femmes qui se précipitaient dans le lit d'un homme parce qu'elles le trouvaient irrésistible. En secret, elle avait toujours eu du mépris pour ce genre de comportement. Il n'y avait pas lieu de s'étonner que tant de couples divorcent ! Si c'était un désir éhonté qui les guidait, quelle longévité pouvaient-ils bien espérer ? Elle avait toujours considéré que sa mère avait épousé son père parce qu'elle s'était laissé emporter par le désir sexuel, et qu'une fois celui-ci dissipé la réalité avait repris ses droits et commencé son travail de sape.

Elle n'aurait jamais imaginé pouvoir se sentir un jour soulevée de terre, ni tentée d'agir contrairement au bon sens. Elle avait vu la manière dont les garçons tournaient autour de Lily avec une concupiscence avide. « Vous allez droit au désastre », aurait-elle pu leur dire. Et en effet, ils finissaient toujours par battre en retraite, blessés.

Même quand elle avait eu sa grande liaison avec Paul, si elle l'avait trouvé plutôt séduisant, elle n'avait pas eu envie de se jeter dans son lit. En fait, la part sensuelle de leur relation avait été agréablement mesurée, et elle s'en était très bien contentée. Elle avait été dévastée lorsqu'il avait cédé aux charmes de Lily, mais pas autrement surprise quand, comme tant d'autres, il s'était retrouvé sur la touche dès que sa sœur avait jugé bon d'aller voir ailleurs.

Maintenant, happée par les griffes du désir sexuel, elle comprenait enfin de quoi il retournait vraiment.

Les mains de Luca vagabondaient sur sa chair. Elle se cramponna à lui sans honte, et lorsqu'il fit glisser les bretelles du maillot, elle frémit, anticipant avec impatience ce qui allait suivre.

La plage était à présent enténébrée. Les eaux calmes de l'océan étaient d'un noir d'encre, et les silhouettes sombres des rochers et des arbres se découpaient sur un horizon encore sans étoiles. La brise n'apaisait pas leurs corps enfiévrés. Mais elle sentit une fraîcheur lorsque le maillot rabattu exposa les globes fermes de ses seins, dont la peau claire et les aréoles d'un brun rosé contrastaient avec le reste de sa chair dorée par le soleil au cours des derniers jours.

Luca inclina la tête, aspira au cœur de sa bouche la pointe d'un sein et la suça. Il l'enveloppa avec la langue. Ellie gémit et se contorsionna, folle de volupté. Une main refermée sur sa tête brune, les yeux clos, la bouche ouverte, elle haletait, et pressa Luca contre elle encore plus fort. Elle frémit quand il happa l'autre pointe entre ses lèvres et, en même temps, glissa une main sous son maillot pour la poser sur son mont de Vénus.

— C'est le paradis, murmura Luca, s'écartant un bref instant.

Et il le pensait. Ellie était si réactive, si excitante, si follement sexy ! C'était comme si une autre personne s'était révélée sous son armure collet monté. Ou bien cette autre Ellie avait-elle toujours été là ? Avait-il perçu en elle la passion qui couvait sous son apparence calme ? Sans doute, puisqu'elle avait, bien avant ce moment, éveillé son intérêt sexuel.

Son érection était si virulente qu'elle en devenait presque

douloureuse. Il suffirait qu'elle le touche pour qu'il jouisse comme un adolescent excité, et il ne voulait pas de ça. Il avait envie de prendre son temps, même si, à l'arrière-plan de son esprit, il savait qu'ils devraient s'interrompre. Le temps ne jouait pas en leur faveur. Mais il désirait ne pas perdre ce moment…

Il leur échappa pourtant lorsqu'ils entendirent la voix lointaine et flûtée de Jake, qui appelait Ellie.

Ellie repoussa Luca avec des mains tremblantes et se releva en chancelant.

— Qu'est-ce qui vous a pris ? s'écria-t-elle.

Quelle question absurde ! songea-t-elle aussitôt. D'ailleurs, Luca ne se donna pas la peine d'y répondre. Elle pivota sur elle-même, ramassa ses affaires au passage et se mit à courir vers l'escalier qui conduisait à la villa. Elle était horrifiée par ce qui venait de se produire. Comment en étaient-ils arrivés là ? Quel démon l'avait donc saisie ? Par quelle aberration avait-elle pu perdre ainsi la tête ?

« Luxure » fut le mot qui jaillit dans son esprit en guise de réponse, contredisant sa réaction prude et horrifiée. Elle se rappela ce qu'elle avait ressenti dans l'eau lorsque Luca l'avait surprise ; elle se rappela la fermeté de son corps allongé près du sien, et le contact de sa bouche sur sa chair, ses lèvres, ses seins… Elle en aurait gémi de frustration et de désespoir, car cela lui ressemblait si peu ! Ce n'était pas elle.

Elle gravit les marches en toute hâte et trébucha presque. Jake et Juanita étaient sur la pelouse, devant le portail. Derrière elle, Luca venait sans hâte, en silence. Ellie ne demandait pas mieux que d'ignorer sa présence. À la seule idée d'une conversation avec lui, elle avait des sueurs froides.

Elle se donna contenance en soulevant Jake dans ses bras.

— J'ai eu peur, lui avoua-t-il d'une petite voix.

— Et j'ai été bête, reconnut-elle en lui faisant un gros câlin. J'ai nagé un peu trop loin, et c'était mal de ma part.

Elle était consciente de parler trop, d'une voix trop haute et précipitée. À son grand soulagement, Luca disparut, sans doute pour s'absorber dans la tâche qu'il avait interrompue pour adopter le rôle du preux chevalier.

— Mais Luca t'a sauvée, dit Jake avec admiration. Quand je lui ai dit que j'avais peur, il m'a promis qu'il ne t'arriverait rien de mal, qu'il te protégerait. Il t'a sauvée.

— Je suis sûre qu'il aimerait le croire, observa Ellie, un brin sarcastique. Mais je nageais beaucoup quand j'avais ton âge, jusqu'à ce que je devienne une grande fille.

Une fois Jake nourri et couché, Ellie se doucha. Vêtue de frais, elle redescendit à la cuisine. Elle ne pouvait empêcher son esprit de vagabonder, de se torturer au sujet de ce qu'elle avait fait. Elle était consciente de ne pas pouvoir rejeter la faute sur Luca. C'était peut-être lui qui avait commencé le baiser, mais elle y avait répondu avec ardeur. Comme s'il pouvait réellement s'intéresser à elle… ! Elle aurait voulu disparaître sous terre en y repensant. C'était un homme, et il avait réagi comme tel quand une femme s'abandonne à lui. Il était sûrement allé se cacher par crainte qu'elle ne veuille renouveler son numéro !

Ellie achevait de manger une salade lorsque Luca entra dans la cuisine. Elle se figea. Elle aurait voulu ignorer sa présence, mais elle ne put s'empêcher d'embrasser d'un regard avide les lignes élancées de son corps musclé, et de se remémorer ce qu'elle avait ressenti lorsqu'il était pressé contre elle, tendu.

Luca s'était changé, lui aussi. Alors qu'elle avait passé un jean délavé et un T-shirt, il était tout de noir vêtu et pieds nus, ce qui avait quelque chose d'un peu trop intime à son goût.

— Que faites-vous ici ? demanda-t-elle.

— Je suis chez moi.

— Je… J'ai juste fini de manger, balbutia-t-elle. J'allais monter. Je… J'espère que vous avez pensé à souhaiter bonne nuit à Jake. C'est une excellente habitude, je vous l'ai déjà dit. Cela lui fait vraiment plaisir.

Luca sortit du réfrigérateur une bouteille d'eau

— Nous avons à parler, Ellie.

— Parler ? De… De quoi ?

— À votre avis ? fit-il, haussant les sourcils.

Il porta le goulot à ses lèvres et se mit à boire. Comment était-il possible qu'un tel geste soit aussi sexy ? se demanda-t-elle en tentant, tant bien que mal, de mettre un peu d'ordre dans ses pensées. Il était si beau ! Vraiment, c'était injuste. Elle n'avait aucune chance face à quelqu'un d'une telle splendeur.

Elle s'était toujours volontiers moquée des gens qui se laissaient influencer par l'apparence car, après tout, une personne était loin de se réduire à son physique. Et pourtant, elle tombait dans le piège. En grattant la surface, que trouvait-on ? Un homme qui n'avait rien en commun avec elle, dont les principes allaient à l'encontre de tout ce en quoi elle croyait, et d'une arrogance insupportable… Elle était furieuse que tout cela ne compte pour rien, puisqu'il suffisait qu'elle pose les yeux sur lui pour fondre. Et il y avait aussi ces moments où elle l'avait vu se mettre à la portée de Jake, faire des efforts pour communiquer avec lui, prêt à sortir de sa zone de confort. Dans ces moments-là, une porte en elle s'était entrouverte, permettant à Luca d'entrer.

— Je ne veux pas parler de ça, dit-elle en un murmure.

— Vous voulez faire comme si ça n'avait pas eu lieu ?

— Cela ne se serait pas produit si vous n'aviez pas dramatisé ! Je suis une nageuse aguerrie. J'ai même représenté notre pays quand j'étais adolescente.

— Même si vous aviez participé aux Jeux olympiques, ça ne changerait rien à la réalité : si nous n'avions pas été interrompus, nous aurions fait l'amour sur la plage.

Ellie pâlit, puis rougit.

— Non, sûrement pas.

Elle se tourna vers l'évier. Quand elle sentit sur ses épaules les mains de Luca, elle se raidit et, pendant un bref instant de panique, eut l'impression d'étouffer. Elle n'osa pas se retourner vers lui.

— Pourquoi insistez-vous ? s'écria-t-elle, la voix étranglée.

— Et pourquoi vous paraît-il insupportable d'en parler ?

— Nous aurions repris nos esprits. *J'aurais* repris mes esprits. Il est impossible…

— J'en avais envie, Ellie.

— Non ! C'est insensé !

— Et vous aussi, vous en aviez envie.

— Arrêtez de parler à ma place, Luca ! Je reconnais que vous êtes un homme séduisant, mais ça ne signifie pas que je suis totalement stupide !

— Pourquoi ne me regardez-vous pas en le disant ? Auriez-vous peur ?

— Peur ?

Ellie éclata de rire, mais ce rire sonnait faux. Luca venait de lui lancer un défi et, lentement, elle se retourna pour le regarder. Il retira ses mains et recula.

— Je m'excuse, dit-elle avec raideur.

— De quoi ?

— De m'être jetée à votre cou.

— Je suis un grand garçon, Ellie. Si ça ne m'avait pas plu, je ne me serais pas retrouvé allongé avec vous sur cette couverture, à vous dénuder les seins.

Elle ferma les yeux. Elle avait le souffle court. Elle ne comprenait pas pourquoi il éprouvait le besoin d'être si provocant, si explicite.

— C'était un moment d'égarement, murmura-t-elle, impuissante à dompter le trouble violent qui l'avait assaillie.

Son corps réagissait de façon contraire à sa volonté et, croisant les bras devant elle en guise de protection, elle leva les yeux avec une profonde réticence.

— Je vous veux, lâcha Luca. Je ne prétends pas que c'est sensé.

*
* *

Luca se passa une main dans les cheveux, soudain mal à l'aise, mais incapable de ne pas livrer ce qu'il voulait dire.

— Et depuis quand faut-il que tout ait un sens ? reprit-il

Dans son monde, tout avait *toujours* du sens, et il était contrarié et frustré d'être incapable, en cette circonstance, de faire appel à son intelligence pour prendre le contrôle d'une situation qui, comme Ellie l'avait observé, n'était qu'un moment d'égarement.

— Je travaille pour vous, Luca.

— Et j'ai toujours établi une ligne infranchissable entre le travail et le plaisir…

Il éleva une main pour lui effleurer la joue, et la sentit frémir à son contact.

— … jusqu'à maintenant, acheva-t-il.

Ellie levait les yeux vers lui, lèvres entrouvertes, pupilles dilatées, et elle ne s'écarta pas quand il inclina la tête pour, tout en douceur, couvrir sa bouche de la sienne.

Ce n'était pas frénétique et emporté, comme sur la plage. C'était lent et tendre. Ellie se laissa sombrer, épousant le corps de Luca avec le sien. Leurs langues s'enroulaient l'une autour de l'autre. Elle garda les yeux clos. Il ne précipitait rien, il ne la touchait pas, et plus il s'en gardait, plus elle avait envie qu'il le fasse. Quand il se redressa enfin, ils se dévisagèrent un instant en silence, qu'il fut le premier à rompre.

— Je veux te faire l'amour, affirma-t-il

Ce tutoiement inattendu la fit frémir davantage.

— Je ne comprends pas pourquoi.

— Tu me fais un drôle d'effet. Depuis un bon moment. Il y a en toi quelque chose… J'ai envie de t'emmener dans ma chambre et de goûter à chaque parcelle de ton corps.

— Luca…

— La réponse est « oui » ou « non », Ellie. Ma question est simple, et la réponse tient en une syllabe.

— Je n'ai jamais été portée sur ce genre d'aventure. Nous sommes comme le jour et la nuit…

Elle pensa à la blonde fauteuse de troubles, la dernière

conquête de Luca. C'était elle, son genre de femme. Un homme attiré par les blondes sculpturales ne se prenait pas d'une attirance soudaine et irrésistible pour une petite brunette. Et une petite brunette qui appréciait les hommes sérieux, impliqués, dotés d'une conscience sociale, ne se prenait pas d'une attirance soudaine et irrésistible pour un arrogant milliardaire qui se croyait maître du monde…

Alors, que leur arrivait-il ? Cet endroit si paisible et magique leur avait-il tourné la tête ?

Luca attendait sa réponse. Il avait affirmé qu'il suffisait de dire oui ou non, mais elle savait que c'était loin d'être aussi simple.

— Peut-être est-ce l'attraction des contraires, murmura Luca. Alors, c'est oui ou c'est non ?

Ellie avait la gorge serrée, un nœud dans le ventre, tiraillée entre l'appréhension et l'excitation. Peut-être qu'en effet les contraires s'attiraient…

— Oui.

Luca n'était pas sûr d'être flatté par son acceptation, ce n'était guère l'adoration enthousiaste à laquelle l'avait habitué le sexe opposé. Mais il n'allait pas perdre son temps à s'interroger.

Sans un mot, ils se dirigèrent vers sa chambre.

La villa plongée dans le silence était comme un encouragement à oser. Ellie se sentait poussée à agir de façon inconsidérée, audacieuse. Pendant toute sa vie, elle avait joué la sécurité, surtout avec les hommes. Vivant auprès d'une sœur qui était une reine de beauté et d'une mère qui n'hésitait pas à établir des comparaisons défavorables, elle s'était interdit de miser au-dessus de ses moyens. Cela garantirait qu'on ne la plaquerait pas. Mais cela n'avait pas réellement marché avec Paul.

Le cœur battant, elle s'immobilisa alors que Luca ouvrait la porte de sa chambre et y entrait. Deux fenêtres donnaient sur le jardin de derrière, et toutes deux étaient ouvertes, laissant pénétrer la brise fraîche qui faisait onduler et bruire les voilages. Le lit était immense. Figée, Ellie le contempla. Une aventure d'une nuit avec un homme parce qu'elle le trouvait irrésistible, était-ce vraiment là ce qu'elle voulait ?

Si elle doutait encore, c'était le moment de battre en retraite.

Jouant avec les interrupteurs et les différentes lampes, Luca baigna la pièce d'une lumière douce et tamisée, chaleureuse. Les ombres soulignaient les traits anguleux de son beau visage.

— Tu as peur ?

— Non, murmura-t-elle, même si elle se tenait encore en deçà du seuil, comme si un champ magnétique invisible l'empêchait d'entrer. Et toi ?

— Je n'ai jamais peur quand il s'agit de plaisirs érotiques.

Luca vint la prendre par la main et l'attira doucement dans la pièce, avant de refermer la porte.

— Tu veux bien me promettre une chose ? risqua-t-elle.

— Quoi donc ?

Que nous n'en reparlerons pas demain. Nous ferons comme si ça n'avait pas eu lieu.

— Comme si ça n'avait pas eu lieu ? répéta Luca, l'air incrédule.

— Une aventure d'une nuit, dit-elle en posant les mains sur son torse. Je n'ai jamais eu une aventure sans lendemain

— Moi non plus.

— Ne mens pas, Luca ! le taquina-t-elle, souriante.

Ses mains, comme dotées d'une volonté propre, lui caressèrent le torse. Ellie savoura à travers le T-shirt la fermeté de ses muscles. Sa perfection physique la fascinait. Elle mourait d'envie de le toucher à même la peau, de s'aventurer plus bas.

Il lui enveloppa les fesses de ses mains, puis l'entraîna vers le lit.

— Je ne donne pas dans les aventures d'une nuit, chuchota-t-il. Je ne suis pas porté aux liaisons durables, mais, les nuits sans lendemain, ce n'est pas mon style.

— C'est une première pour chacun de nous, alors…

— Oui, acquiesça Luca.

La suggestion d'Ellie était sensée, et c'était ce qu'il aurait dû vouloir entendre. Cette expérience pouvait être la source de sacrés problèmes. Ellie n'était pas de la même étoffe que lui. Elle avait encore des idéaux, des illusions. Elle croyait au pouvoir de l'amour, et à tous ces contes de fées où des couples allaient à l'autel les yeux pleins d'étoiles – avant que l'histoire tourne au vinaigre et que les mots doux virent aux disputes en plein tribunal. Elle pourrait souffrir.

— Ne tombe pas amoureuse de moi, la prévint-il.

Il déposa un baiser sur le coin de sa joue, promena les lèvres le long de sa mâchoire.

— Ça n'arrivera jamais, soupira-t-elle, se coulant contre lui.

— Bien. Nous savons tous les deux à quoi nous en tenir.

Il lui mordilla le cou, puis s'écarta pour glisser les doigts sous son T-shirt et l'en dépouiller prestement.

Il guida la main d'Ellie vers son membre érigé, qui saillait sous le jean, et elle eut un soupir étranglé. Elle le caressa à travers l'étoffe, lui arrachant un gémissement rauque.

— À mon tour, murmura-t-il contre son oreille.

Il baissa la glissière du jean d'Ellie, puis faufila une main dans sa culotte et lui titilla le clitoris. Seigneur, c'était… divin !

— Touche-moi, souffla-t-il alors qu'il glissait un doigt en elle.

Ellie obéit. Elle déboutonna son pantalon et faillit défaillir lorsque ses doigts se refermèrent sur l'imposante virilité gonflée de Luca. Ces caresses mutuelles, encore contenues, lui donnaient le vertige. Son sexe palpitait, avide de plus. Elle gardait tout juste son équilibre. Luca s'écarta d'elle, mais ce fut sans la quitter des yeux qu'il se dépouilla de ses vêtements. Il se dressa devant elle, sans honte, dans toute la splendeur de sa nudité. Il posa une main sur sa formidable érection, et eut un sourire en coin en la voyant incapable de détourner le regard.

— À ton tour, ordonna-t-il.

À la vue du désir qui brûlait dans le regard sombre et intense de Luca, les inhibitions d'Ellie s'envolèrent en même temps que ses vêtements. Elle ne s'était jamais trouvée désirable, avant, et les pupilles ardentes de son amant posées sur son corps la grisaient. Il paraissait incroyable que cet homme beau à tomber ait envie d'elle et, pourtant, il la voulait. C'était évident.

Agrippée par le désir, elle comprit qu'une liaison ne se limitait pas au sentiment amoureux. Il y avait cet élan sensuel incroyable, éphémère comme un feu de Bengale sans doute, mais merveilleux, éclatant et intense.

Sans trop savoir comment, ils furent sur le lit. Le souffle entrecoupé, Ellie se laissa chevaucher à demi, mais chercha à atteindre le sexe de son amant, qui vibra sous son coup de langue. Il changea leur position, lui donna un baiser. Elle gémit, l'attirant plus près. Elle voulait sentir son corps viril, les battements de son cœur faire écho aux siens, son souffle chaud sur sa peau.

Leurs lèvres se rencontrèrent, et elle se cambra pour mieux s'unir à lui, glissa une main derrière la nuque de Luca. Leurs langues se mêlèrent, ainsi que leurs gémissements rauques. Elle n'aurait jamais cru que son corps pourrait avoir des exigences aussi violentes.

Luca la renversa doucement en arrière en pesant sur ses épaules, et ses seins aux bouts saillants s'offrirent à lui. Elle hoqueta tandis qu'il refermait les lèvres sur une pointe et la happait, la suçait, taquinait de la langue la protubérance raidie. Emportée par son excitation croissante, Ellie remua les hanches, se frotta à lui, avide de l'avoir en elle. Elle avait à peine conscience de répéter son prénom d'une voix haletante, l'implorant d'en finir.

Elle hoquetait lorsque sa bouche ravageuse quitta enfin ses seins pour dessiner un chemin le long de son ventre, ne faisant une brève halte que pour lui lécher le nombril.

Luca lui écarta les jambes et ses doigts experts la caressèrent, excitant son clitoris, lui arrachant des cris entrecoupés de plaisir. Puis il se laissa glisser un peu plus bas et, du bout de la langue, entama une exploration légère, délicate. Ellie se tendit en une réaction fiévreuse. L'agrippant par les cheveux, elle le pressa contre elle tout en ouvrant plus largement les jambes. Les vagues du plaisir commençaient à déferler, et elle ne tarda pas à se contracter, à se convulser contre sa bouche en une ruade d'une violence explosive.

Elle était devenue esclave de son propre corps. L'acuité de la volupté lui avait arraché des cris d'une voix méconnaissable. Ellie n'eut pas le loisir de s'excuser d'avoir joui avant lui, ce qui devait le frustrer, car lorsqu'elle retomba de son nuage sensuel, il ranima son émoi avec une habileté savante.

Il savait si bien où la toucher, comment la caresser, que son corps ultra-sensible fut vite à nouveau excité. Lorsqu'il s'enfonça en elle, avec des poussées profondes et vigoureuses, elle fut emportée sur des hauteurs plus vertigineuses encore tandis qu'il plongeait en elle avec une vigueur accrue, comme s'il la pénétrait tout entière. Elle n'avait jamais connu plaisir si fort.

L'acmé de son plaisir fut si puissante qu'elle eut l'impression d'être soulevée de terre. Elle cria en se cambrant vers Luca alors qu'il jouissait à son tour, raidi en une ultime poussée. Puis, comblée, rassasiée par cet amant merveilleux, Ellie ne songea plus qu'à s'abandonner au sommeil.

Luca roula sur lui-même et se détacha d'Ellie pour se débarrasser du préservatif dont il s'était gainé. Puis il la serra contre lui, peau contre peau.

— Il faut que je parte, murmura-t-elle d'une voix endormie.

Il devina qu'elle n'en avait pas plus envie que lui.

— Je renie ma promesse, déclara Luca sans remords.

— Que veux-tu dire ?

— Je te veux encore, et je n'ai pas l'intention de faire comme si rien ne s'était passé entre nous demain matin. Il s'est passé beaucoup de choses, et une seule nuit ne me suffira pas. Alors, si tu veux jouer la comédie, ce sera sans moi.

— Mais tu avais promis !

Luca haussa les épaules ; promena un doigt sur la pointe rosée d'un sein, surgie d'entre les draps.

— Les promesses ne tiennent pas toujours. Vas-tu vraiment me dire qu'une nuit te suffit ? Si c'est ce que tu prétends, je n'en crois pas un mot. Je n'ai pas l'intention de te regarder de loin en me persuadant que je n'ai pas envie de te toucher.

— Nous ne sommes pas des gamins, Luca ! Nous sommes suffisamment adultes pour savoir qu'on n'obtient pas toujours ce qu'on veut.

— C'est juste, nous ne sommes plus des enfants, nous éprouvons du désir l'un pour l'autre et rien ne nous empêche de coucher ensemble. Dans dix jours, nous rentrerons à Londres, et cette chose entre nous… ce *virus* aura disparu. C'est aussi simple que cela.

Luca était sûr qu'il serait plus que prêt à mettre un terme à leur relation, à ce moment-là. Il s'ennuyait facilement et, même s'il trouvait Ellie stimulante, dans une quinzaine de jours, l'attrait se serait éventé, se dissiperait sans doute sous le poids de la réalité qui l'attendait. Par ailleurs, il restait mal à l'aise à l'idée qu'Ellie pourrait attendre plus qu'il n'avait à offrir.

— Ce n'est pas aussi facile, Luca, dit Ellie.

— Oh ! mais si, lâcha-t-il d'une voix suave. Crois-moi…

9.

Luca porta son regard sur l'étendue de la piscine à débordement, où Ellie apprenait à nager à Jake. Elle était dans l'eau comme un poisson. Elle pourrait le sauver s'il se trouvait en difficulté dans des eaux profondes, aussi efficacement qu'il avait cru la sauver une semaine plus tôt lorsqu'il l'avait repérée à l'horizon.

Il se dit que la lecture du *Financial Times* sur sa tablette ne pouvait rivaliser avec un tel spectacle. Ellie était si gracieuse, si svelte, si souple quand elle se mouvait, et son rire était un vrai soleil. Derrière ses lunettes noires, allongé sur son transat, il se laissait aller à songer à tout ce qui l'attirait étrangement en elle – son allure, son odeur, sa réactivité quand il la caressait. Entre les draps, elle était plus ardente que des braises.

Tout là-haut, le ciel était un océan où flottaient çà et là quelques nuages étirés, virgules laiteuses dans cette étendue d'un bleu turquoise parfait. Le soleil, à un peu plus de 17 heures, avait perdu de son ardeur, mais il était encore assez chaud pour qu'ils profitent de la piscine.

Il y avait quelque temps que Luca n'avait pas séjourné dans cette villa, et la dernière fois qu'il y était venu, avec une poignée de collaborateurs pour les remercier de leur travail dans un accord d'affaires fructueux, il avait passé la majeure partie du long week-end à négocier un autre accord, ne s'aventurant dehors que pour dîner dans des restaurants gastronomiques locaux. Il n'avait pas été tenté par la piscine, et n'avait pas pris le temps d'apprécier l'environnement.

Il l'appréciait, maintenant. Peut-être parce que, au cours de la semaine écoulée, il l'avait vu à travers les yeux d'Ellie. Il avait toujours été indifférent au fait que les femmes étaient éblouies par sa richesse. Avec Ellie, c'était différent. Elle était impressionnée, mais elle n'attachait pas grande importance à l'argent. Elle le taquinait sur sa fortune, lui assurait qu'il était trop riche pour son propre bien. Elle insistait pour faire sa part à la villa, nettoyant et rangeant toujours derrière Jake, même si Juanita venait chaque jour.

Il ne comprenait pas cette attitude, mais il voyait qu'Ellie ne considérait rien comme un dû et cherchait à lui faire entrevoir qu'on apprenait à apprécier le peu qu'on avait, surtout lorsqu'on grandissait sans posséder grand-chose. Selon elle, certains prenaient conscience de la valeur de tout ce que l'argent ne pouvait pas acheter, tandis que d'autres ne songeaient qu'à devenir riches à n'importe quel prix.

Il s'était forgé de Lily l'image d'une femme très différente de sa sœur. Celle-ci ne cessait de lui faire part de sa gratitude parce qu'il avait sauvé son père.

— Ce qui prouve, avait-il observé alors qu'ils étaient enlacés au creux des draps après des ébats particulièrement vigoureux, que l'argent tant décrié a du bon.

— Il permet bien des plaisirs, je l'admets. Mais il y a tant de choses qui ne peuvent s'acheter, et on les perd de vue quand on vend son âme pour de l'argent.

— Très philosophique, avait lâché Luca.

Il n'était pas convaincu. Il avait trop souvent été confronté à l'avarice, et vu trop de femmes prêtes à se vendre pour presque rien. Mais la sincérité d'Ellie l'enchantait.

— Je me demande comment nous en sommes venus à notre relation actuelle, avait-elle commenté avec étonnement. Notre approche de la vie est radicalement différente.

Luca ne savait pas non plus comment ils en étaient arrivés là. Leur projet d'aventure sans lendemain avait avorté dès le départ, et leur intention de confiner leur liaison entre les quatre murs de la chambre n'avait pas tenu : il avait un jour, sans y penser, pris Ellie par la main en présence de Jake.

Était-ce alors que sa relation avec son filleul s'était modifiée ? Était-ce le moment où Jake avait commencé à avoir confiance en lui ? Oui, même si leur lien était déjà en progrès, cet instant-là avait été un tournant.

Luca supposait que ce que Ellie et lui vivaient s'approchait beaucoup d'une vie de famille heureuse. Il ne s'agissait ni d'amour ni de livrer son âme à l'autre, c'étaient là des options sur lesquelles il avait refermé la porte, et cette porte, il ne la rouvrirait pas. Mais… cet arrangement avait du bon.

Il consulta son mobile et relut le message que venait de lui envoyer son assistante. Celle-ci savait contenir la presse avec une habileté de magicienne et ses contacts dans ce milieu douteux avaient toujours été précieux. Les rumeurs salaces répandues par son ex étaient sur le point de monter d'un cran. Cela devenait un véritable problème. Qu'on lui prête une liaison avec une femme dans un tabloïd était une chose, mais grossir la rumeur en la portant à ce stade, c'en était une autre.

De l'autre côté de la piscine, Ellie éclata de rire. Elle avait un rire merveilleux, charmeur, et pendant quelques secondes, à l'abri de ses lunettes noires, Luca l'observa pensivement.

La vie avait parfois une curieuse façon de distribuer les cartes : une main pouvait paraître malchanceuse, jusqu'au moment où on trouvait le moyen de mener tout de même sa partie. Si son existence avait suivi son cours ancien, Luca se serait consacré au travail, et Jake aurait sans doute fini en thérapie à cause de lui. Comment savoir ? Il aurait peut-être même fini par subir un sort encore pire : la drogue, l'alcool… Il y avait bien des échappatoires tentatrices, en ce monde, pour les jeunes floués par la vie.

Mais les choses avaient pris une autre tournure, et il n'aurait pu rêver mieux.

Luca se leva, consulta sa montre, puis se dirigea vers le

duo qui, épuisé après s'être ébattu dans l'eau, se reposait sur les marches du côté peu profond de la piscine.

Ellie, la main en visière, regarda Luca approcher. Son cœur fit un bond, les pointes de ses seins se raidirent et une myriade de sensations familières se répandit dans son corps. Jamais elle ne se lasserait de le contempler, de l'écouter, jamais elle ne se lasserait de ses caresses. Avec lui, elle se sentait si vivante !

Pendant un moment, elle s'était persuadée que ce qu'elle éprouvait pour Luca était du désir sexuel. Il était irrésistible, elle était trop novice pour parer l'impact qu'il avait sur elle. Elle avait capitulé, couché avec lui parce que son corps avait refusé d'écouter sa raison, mais le désir sensuel était par nature éphémère, elle ne serait pas la première à l'éprouver…

Elle ignorait à quel moment elle avait compris la nature réelle de ce qu'elle ressentait, et ce sentiment semblait devenir de plus en plus fort, reléguant le désir dans l'ombre.

Sans méfiance, protégée, croyait-elle, par l'approche raisonnable qu'elle avait toujours eue du sexe opposé, elle ne s'était pas attendue à ce que son cœur soit pris au piège par l'un de ces hommes contre lesquels elle aurait dû être immunisée.

Elle avait d'abord été heurtée par l'arrogance de Luca, son assurance, sa façon d'agir en leader auquel les autres étaient tenus d'obéir. Quand de petits riens avaient commencé à porter leurs fruits, elle y avait à peine pris garde : l'air de vulnérabilité aiguë qu'il avait parfois quand il regardait Jake et croyait ne pas être observé, son esprit vif et la manière dont il compensait son arrogance inouïe par une générosité magnifique… Luca était un tissu de contradictions, et il l'avait happée dans son univers jusqu'à lui faire perdre de vue le temps d'avant leur rencontre.

Elle s'était toujours imaginé que l'amour se développait, à l'instar d'une plante, après des mois de soins et d'arrosage. Et elle avait découvert, à son grand désarroi, qu'il surgissait de nulle part, telle une herbe folle, doté du pouvoir de s'immiscer dans les fondations qu'elle s'était bâties et d'y ouvrir des failles à loisir.

Profiter de Luca tant qu'elle pouvait, c'était tout ce qu'il lui restait. Le temps qui leur était alloué n'était pas loin d'être écoulé. Elle avait l'intention de se perdre dans son *amour* pour lui – car oui, c'était de l'amour qu'elle éprouvait —, puis d'en assumer les conséquences quand tout serait fini et qu'elle reviendrait à sa vie normale. Elle veillait à ce qu'il ne se doute de rien, car elle avait sa fierté, et elle n'aurait pas pu supporter qu'il se moque d'elle, ou la regarde avec pitié.

Elle était déjà excitée en voyant le regard gourmand qu'il posait sur elle. Elle portait le seul maillot qu'elle avait emporté, celui qu'elle mettait pour aller à la piscine à Londres. Il était si pudique qu'elle aurait pu faire ses courses avec sans qu'on y prenne garde, mais, sous le regard de Luca, elle avait l'impression d'être la plus belle top-modèle de lingerie de la planète. Rien n'aurait pu la flatter autant que son regard brûlant et approbateur.

Il était un peu comme une drogue dont elle abusait avec avidité avant qu'elle ne soit plus disponible.

— Tu nous rejoins ? demanda-t-elle d'un ton léger.

— J'en suis tenté.

Son regard brun se posa sur Jake, qui barbotait avec le jouet que Juanita lui avait acheté la veille, puis se reporta sur elle.

— Si j'accepte, tu me revaudras ça plus tard ?

Elle rougit.

— Tu ne penses donc qu'au sexe ? demanda-t-elle à voix basse alors qu'il s'asseyait sur la marche, à côté d'elle, puis s'allongeait en fermant les yeux.

— Non. Le travail a la priorité. Mais modérément, répondit-il, pince-sans-rire.

— Il faudrait rentrer, dit-elle.

Elle se leva pour appeler Jake, qui s'approcha pour se sécher avec une serviette.

Coucher, Luca ne pensait à rien d'autre. Sur tous les autres plans, il était complexe, mais en ce qui concernait les relations entre hommes et femmes, il n'avait pas plus de profondeur qu'une flaque d'eau !

— Une minute, dit-il en la retenant par un bras.

Et il la regarda d'un air si grave qu'elle prit presque peur.

— Juanita est là, elle peut jouer pendant un moment avec Jake. Je l'ai engagée comme baby-sitter, ce soir.

— Oh. Bon, très bien, dit-elle sans pouvoir dompter son inquiétude. Tu veux discuter de lui, j'imagine ? Je n'ai que trop facilement oublié que je n'étais pas ici pour m'amuser. Désolée.

— Arrête de t'excuser alors qu'il n'y a pas lieu. Nous n'avons pas à avoir d'entretiens formels au sujet de Jake. Nous sommes amants. Il serait absurde que je t'interroge devant un bureau, non ? Mais je… J'ai à te parler d'autre chose.

— De quoi ?

— L'endroit est mal choisi, j'ai besoin de te voir en privé. C'est pourquoi j'ai sollicité Juanita. Je vais nous réserver une table dans un restaurant local. Je me souviens d'y avoir très bien mangé, et d'y avoir eu une certaine intimité.

Ellie sentit des larmes lui picoter les paupières. Elle devinait de quoi il s'agissait. Elle allait avoir droit au petit discours de rupture, pensa-t-elle, le cœur glacé. Elle se hâta de détourner les yeux, et ce fut d'un ton léger qu'elle reprit la parole, en femme qui s'en tient à une relation sans attaches, uniquement sexuelle – celle qu'ils étaient censés avoir.

— Je sais, l'heure approche… Il va falloir régler ça et nous mettre en quête de ma remplaçante. J'ai une assez bonne idée de la nounou qui conviendrait à Jake, et je pense qu'il n'aura pas de mal à s'adapter.

— Nous n'aurons pas cette conversation maintenant, dit Luca.

Il baissa les yeux sur la naissance des seins d'Ellie et les petites protubérances qui saillaient sous le tissu fin de son maillot. Il se détourna de ce spectacle délectable et poussa un soupir.

— J'ai du travail. Je le regrette, mais tu as raison, l'heure est proche, et Londres commence à s'impatienter, dit-il en se mettant debout. Je repasserai dire bonne nuit à Jake lorsqu'il sera couché, puis je te retrouverai dans le vestibule.

— D'accord.

Ellie rassembla ses affaires. Luca la devança et se dirigea vers son bureau. Elle appela Jake mais, cette fois, le bavardage du petit garçon fut impuissant à la distraire de ses pensées.

Cela lui fit drôle de s'habiller pour sortir alors qu'elle passait la majeure partie de son temps en short, T-shirt et sandales. Elle était nerveuse. Elle aurait préféré que Luca lui transmette la nouvelle par message, pour avoir le temps de se composer une attitude. Sa mine la trahissait toujours en présence de son amant, et elle ne voulait pas lui laisser entrevoir que la fin de leur liaison ne passait pas comme une lettre à la poste.

Elle s'examina sans indulgence dans le miroir. Elle avait pris un joli hâle au soleil, ses cheveux courts se paraient de reflets auburn et or, mais à part ça… Comme elle se doutait de la triste raison pour laquelle Luca l'invitait à dîner, elle sentait l'assurance folle qu'il lui avait inspirée fondre à vue d'œil. Elle redevenait elle-même : une femme ordinaire dont le moment de splendeur était révolu. Cendrillon passé minuit.

Luca l'attendait dans le vestibule. Elle l'aborda en plaquant un large sourire sur son visage.

— Je ne suis pas en retard, j'espère ?

Il était d'un chic décontracté en chemise de lin blanc, jean foncé et mocassins. Un homme de rêve, l'idéal qui hantait les fantasmes des femmes. Elle devrait s'efforcer de son mieux de ne pas le prendre pour modèle dans ses relations futures, sinon elle s'exposerait à souffrir.

— Comment allait Jake lorsque tu es passé le voir ? s'enquit-elle, restant sur un terrain neutre pendant qu'ils se dirigeaient vers le 4x4.

Luca répondit une fois qu'ils furent en voiture.

— Jake est à des années-lumière du petit garçon morose qui a franchi la porte de ma maison il y a sept mois. Mais tu sais quel chemin j'ai accompli avec lui. Il y a deux jours, tu m'as décerné une étoile d'or pour mes progrès.

Ellie rougit en se remémorant de quelle manière il lui avait demandé de le récompenser pour cette étoile d'or…

Le moment était mal choisi pour savourer ce genre de souvenir. Elle décida de rester sur un terrain professionnel. C'était ce que Luca comprenait le mieux – avec le sexe. Or elle n'allait pas aborder leur vie sexuelle ni lui rappeler ce qu'ils avaient partagé. Elle avait été témoin de son déplaisir et de son exaspération face à une femme qu'il avait quittée et qui tentait de s'accrocher à lui.

— Laissons ça de côté pour le moment, lui dit-il après plusieurs tentatives de sa part pour envisager les qualités de la future nounou de Jake. Parle-moi d'autre chose. J'ai envie d'une conversation détendue. Je ne tiens pas à me prendre la tête.

— Eh bien… Comment est le restaurant ? J'espère que je suis habillée comme il convient. Je n'ai pas beaucoup voyagé à l'étranger. Presque jamais, en fait. Mais je suppose que, dans les pays chauds, le code vestimentaire est décontracté, même dans un restaurant de luxe, dit-elle, s'essayant désespérément à une conversation à bâtons rompus.

Pendant un instant gênant, Luca garda le silence. Puis il dit d'un air songeur :

— J'ai reçu un message intéressant de mon assistante.

— Ah ? fit-elle en lui décochant un regard dérouté.

— Si j'espérais que les rumeurs au sujet de notre

prétendue liaison allaient s'épuiser en quinze jours, je me suis trompé.

— Je ne comprends pas.

Ellie fronça les sourcils. En fait, elle avait à peine pensé aux stupides potins qui avaient précipité leur départ de Londres. Elle avait parlé à son père à leur arrivée à Majorque, puis évité les appels et ignoré les messages de sa sœur dévorée de curiosité – elle vivait dans une bulle, et il n'était pas question que Lily crève cette bulle.

— Heidi attendait sans doute une réaction plus dramatique de ma part lorsqu'elle a parlé aux journalistes. De la colère, des représailles, un échange. Mais elle n'a eu droit qu'au silence. Alors, elle a décidé de pimenter les choses, expliqua-t-il. Il n'y a rien de plus dangereux qu'une femme méprisée. D'autant qu'elle attendait beaucoup de notre relation, plus que je n'avais à offrir ni ne lui avais laissé espérer.

Ellie ne sut que répondre. Elle était glacée à l'intérieur.

Ils arrivèrent dans un charmant restaurant chaulé de blanc et assailli de plantes grimpantes fleuries et colorées. De la cour remplie de voitures de luxe, on apercevait à l'intérieur les dîneurs baignés d'une douce lumière. Il y avait des canapés, des tables en bois de style rustique, des petits box privés, une profusion de plantes. Mais Ellie était trop tendue pour y prendre garde.

— Qu'est-ce qui se passe ? demanda-t-elle d'une voix pressante dès qu'ils eurent passé commande.

Luca se pencha vers elle, coudes sur la table, l'air sérieux.

— Écoute-moi sans m'interrompre, je t'en prie. Les rumeurs à notre sujet ont pris de l'ampleur et, sur simple ouï-dire, les paparazzis s'apprêtent à publier la nouvelle de nos fiançailles secrètes. Mon assistante a pu l'apprendre grâce à ses contacts dans la presse à scandale. Bien entendu, elle n'a ni nié ni confirmé la rumeur. Elle a préféré m'avertir aussitôt.

— Des fiançailles ? Secrètes ? bafouilla Ellie, prise de vertige.

— Je ne voulais pourtant pas donner du crédit aux commérages ridicules de mon ex, car rien ne lui ferait davantage plaisir que de croire qu'elle a réussi à perturber ma vie.

— Tu aurais dû démentir ces inepties dès le départ !

— Je ne discute pas avec des pseudo-journalistes.

— Il ne s'agit pas que de toi, Luca !

— Il ne sert à rien de se lamenter quand le mal est fait.

— Eh bien, il va falloir que tu réagisses, maintenant. Que tu leur dises qu'ils sont mal informés.

— Et je le ferai, dit Luca, qui se rejeta en arrière, sirota une gorgée de vin en la regardant d'un air pensif. Même si…

— Il n'y a pas de « si » ! s'écria Ellie, consternée.

Elle imaginait déjà les conséquences gênantes, horribles, d'un article sur leurs fiançailles imaginaires. Luca serait peut-être capable d'ignorer ces commérages, car il se fichait de ce qu'on pensait. Mais elle ne le pourrait pas. Ce serait elle qui devrait affronter les journalistes, leur dire que tout cela était absurde. Elle avait réussi à oublier le premier article, ridicule et dicté par la méchanceté, et personne ne l'avait questionnée là-dessus, car ses amis la connaissaient, savaient quel genre de personne elle était. Mais *des fiançailles* ?

— C'est affreux, lâcha-t-elle.

— C'est une évolution inattendue, je l'admets, et pourtant… ça m'a donné à penser.

— Mais… À quoi ?

— Au mariage, bizarrement. On ne peut pas dire que cela m'a beaucoup occupé l'esprit, continua Luca, toujours aussi songeur. Mon père n'a jamais aimé que ma mère, et lorsqu'elle est morte, il est mort aussi. Ou du moins, la meilleure part de lui s'est éteinte. Tu le sais déjà. Or c'était un riche veuf, et les croqueuses de diamants n'ont pas manqué de tenter leur chance. Elles auraient vendu père et mère pour obtenir une fraction de sa fortune. Quel que soit l'angle sous lequel j'ai pu voir les choses, l'amour et le mariage n'ont jamais occupé la première place. Mais…

— Mais ?

— Mais, même si l'amour, ce n'est pas mon genre, continua Luca en prenant la main d'Ellie au creux de la sienne, et que je n'ai donc jamais envisagé le mariage puisque les deux font apparemment la paire, je commence à croire qu'une union réussie peut résulter d'autre chose. La situation où nous nous trouvons m'a fait entrevoir cette possibilité.

— Je ne vois absolument pas de quoi tu parles. Je *sais* que l'amour, ce n'est pas ton style. Alors de quelle situation parles-tu ? Et de quelle possibilité ?

— Quand tu es entrée dans la vie de Jake, tout a commencé à changer. On aurait presque dit que le destin avait décidé de modifier le cours des choses. Jake t'a prise en sympathie d'emblée, et tu as fait s'épanouir une part de son caractère que personne d'autre n'aurait réussi à révéler, j'en suis sûr.

— Merci beaucoup.

L'amour, c'était son genre à elle, pensa-t-elle. Et sa malchance ainsi que son mauvais jugement l'avaient menée là où elle en était. Amoureuse d'un homme incapable d'aimer.

— Tout s'est encore amélioré depuis notre arrivée ici, poursuivit Luca. Nous avons plus communiqué en dix jours que pendant les six mois écoulés. Et si tu trouves que je n'ai pas de longs échanges avec Jake pour le moment, alors tu peux imaginer ce que c'était avant.

Ellie allait intervenir, mais il leva la main pour l'en empêcher.

— S'il te plaît, écoute. Une remplaçante, cela ne marchera pas comme je le croyais. Ce que Jake a trouvé avec nous, ce que ces petites vacances m'ont permis de voir, c'est que nous sommes sa famille. Toi et moi. Ce n'est pas une famille traditionnelle, mais ça marche bien pour lui. Et qui dit qu'une famille traditionnelle vaut mieux qu'une famille non conventionnelle ? Puisque, en l'absence de tout démenti, nous passons pour fiancés… Pourquoi pas ?

Ellie faillit s'étrangler.

— Pardon ?

— Si les gens nous croient fiancés, pourquoi irions-nous les détromper ?

— Mais nous ne sommes *pas* fiancés !

— Ce que je vais dire va te choquer, mais je propose que nous poursuivions notre liaison, parce qu'elle marche bien ; et pas seulement pour nous, aussi pour Jake.

— Qu'on poursuive notre liaison ? répéta-t-elle, abasourdie.

— Je te demande de m'épouser, Ellie.

Ellie en resta bouche bée, sidérée. Elle se demanda si elle avait mal entendu, ou mal compris ce que Luca venait de dire. Ou alors, elle avait des hallucinations auditives !

— Tu ne manquerais plus jamais de rien, continua-t-il. Tu aurais la sécurité et la stabilité. Sans parler de notre entente au lit.

— Tu… Tu me demandes de t'épouser ? Parce que Jake est heureux et parce que toi et moi nous entendons bien et avons des relations sexuelles épanouies ?

— Je sais que ce n'est pas l'aventure romantique dont tu as rêvé…

— Non, certes pas !

Ellie aurait eu bien d'autres choses à ajouter à ce sujet, mais elle en fut détournée par la pensée de ses parents. Leur union avait débuté comme un rêve romantique. Et sombré dans l'amertume et le ressentiment lorsque le rêve avait tourné à l'aigre, quand sa mère avait compris que le cadre moyen qu'elle avait épousé ne deviendrait jamais rien de plus qu'un cadre moyen. Un homme bon et estimable qui aurait fait n'importe quoi pour elle, mais qui ne lui suffisait pas. Ellie pensa à son éducation. À la façon dont elle avait été envoyée sur la touche avec désinvolture par une mère vaine et creuse, et sa relation avec Lily en avait souffert. Elle avait grandi dans une famille traditionnelle, mais cela n'avait pas été si positif.

— C'est une idée complètement folle ! s'écria-t-elle.

— Pourquoi ? Parce que je ne suis pas l'homme idéal à tes yeux ?

— Et je ne suis pas non plus la femme idéale pour toi ! Tu vis dans un autre monde, Luca. Tu envisages le mariage comme un bilan avec une colonne « débit » et une colonne « crédit » qui doivent se compenser pour assurer sa validité.

Ellie pensa à Jake. Soit, il avait peut-être été entraîné dans un sentiment de sécurité trompeur ; et il était possible qu'elle et Luca aient fait preuve d'une négligence coupable en se montrant démonstratifs en sa présence. Mais Luca n'allait pas lui faire croire que l'issue naturelle de cette situation était d'aller à l'autel parce que Jake avait besoin d'une famille !

— L'âme sœur, ça n'existe pas, Ellie, fit valoir Luca. Si nous le voulons, ça pourrait marcher.

— Tu ne m'aimes pas !

Mais pourrait-il en venir à avoir de l'amour pour moi ? Cette pensée se glissa en elle comme un voleur dans la nuit, et elle frissonna.

— Et que se passera-t-il si une autre femme capte ton intérêt ? reprit-elle. Une de ces femmes qui t'ont toujours attiré ? Que deviendrait ton fameux arrangement ?

— Nous pouvons laisser courir la rumeur et voir comment évoluent les choses. Mais pour ce qui est d'une autre femme… tu m'excites et je t'aime bien. Pourquoi irais-je voir ailleurs ?

Ellie aurait pu lui citer une ribambelle de raisons, sous forme de grandes femmes blondes à crinière sauvage et aux longues jambes hâlées. Luca parlait à son aise en l'absence de toute tentation ! Mais lorsque la tentation prendrait corps, que se passerait-il ?

— Ne cherche pas à trouver les défauts de mon idée, lui conseilla-t-il. Finissons de dîner et parlons d'autre chose.

Puis, levant les yeux sur elle avec gourmandise, il ajouta :

— Tu me diras ce que tu penses vraiment lorsque tu seras chaude et languide, après l'amour.

10.

Avec la dextérité d'un illusionniste, Luca n'avait épargné aucun effort pour la gagner à son point de vue. Il savait qu'elle avait ses idées sur l'âme sœur et les douceurs de l'amour romantique. Il savait aussi que sa proposition raisonnable d'une union pragmatique n'était pas son désir le plus cher. Mais il y avait entre eux cette incroyable alchimie sensuelle, et elle avait beau affirmer l'importance de l'amour, la puissance de leur attirance physique réciproque l'avait secouée. Elle n'avait rien vu venir. Jamais elle n'avait pensé inclure *ça* dans ses rêves d'amour éternel.

Et puis, il y avait Jake. Il les avait vus ensemble, il avait vu le regard affectueux qu'elle posait sur le petit garçon. Serait-elle capable de quitter son protégé si elle avait des raisons de soupçonner qu'elle détruirait ainsi tout le bon travail accompli ?

Du haut de son cynisme assumé, Luca savait que son désir était égoïste. Ellie était le ciment de sa relation avec Jake. Que deviendrait son scénario d'une famille heureuse si le pivot venait à manquer ?

Cela mis à part, Ellie était une femme qui l'attirait à plusieurs titres. Leur entente sexuelle était époustouflante, mais il appréciait aussi son esprit vif et le fait qu'elle ne s'en remettait jamais à lui. Sans l'inconvénient de vouloir plus qu'il n'était possible, leur union aurait de meilleures chances de réussir qu'un mariage précipité entre deux idéalistes fleur bleue.

Avec l'instinct infaillible d'un prédateur-né, en homme

qui obtenait toujours ce qu'il voulait, Luca savait que le moyen d'atteindre Ellie était de lui faire l'amour. Il ne voyait aucun inconvénient à user de ce stratagème car, pour lui, c'était rationnel et cela dopait sa cause. Son offre transcendait la froide logique parce que la passion physique y avait un rôle prégnant.

Entrelaçant ses doigts à ceux d'Ellie, il l'entraîna à l'étage, s'arrêtant de temps à autre pour la caresser. Les actes parlaient toujours plus que les mots, et il avait l'intention de déployer concrètement tout son pouvoir de persuasion.

Une fois dans la chambre, il referma la porte d'un coup de talon, puis dépouilla Ellie de ses vêtements en l'entraînant vers le lit.

Ellie s'écarta un peu de lui. Croyait-il qu'elle ne voyait pas sa ruse ?

— Luca…

— Chut, fit-il, plaçant sur sa bouche un doigt vite remplacé par ses lèvres.

Et il l'embrassa à lui en faire perdre le souffle.

Il y aurait eu bien des choses à dire, mais lorsque Luca la touchait ainsi, l'embrassait à l'étourdir, lui caressait les seins, aventurait les doigts entre ses cuisses, Ellie était incapable de réfléchir. Elle n'était plus qu'une marionnette docile entre ses mains.

Elle se renversa sur le lit et le regarda avec une fascination éhontée tandis qu'il se déshabillait en toute hâte. *Tu pourras faire ça toute ta vie durant si tu épouses Luca*, pensa-t-elle. Ils pourraient offrir à Jake le foyer stable où il saurait s'épanouir. *Si* elle épousait Luca. Elle pourrait le toucher tout son soûl. *Si* elle l'épousait. Mais… mais…

Une foule de questions angoissantes tentaient de percer jusqu'à sa conscience, or elle n'avait pas envie de penser à tout cela, aussi les refoula-t-elle pour se concentrer sur Luca, nu devant elle – nu et en érection.

Elle se redressa, puis s'agenouilla sur le lit pour le prendre en bouche. Il avait été son habile précepteur, et en élève enthousiaste, elle mettait maintenant à profit ses leçons alors qu'elle le léchait et le suçait, le stimulait pour le mener juste à la lisière de la perte de contrôle. Il vibra et, en hâte, l'écarta de lui le temps de reprendre la maîtrise de lui-même.

Leur échange fut rapide et emporté, un entrelacement des corps alors qu'ils se comblaient l'un l'autre, se donnaient du plaisir avec une entente si affinée qu'ils n'auraient pu expliquer pourquoi ils entraient en osmose avec tant d'aisance et de liberté.

Chaque orgasme était plus puissant que le précédent. Et la rapprochait de Luca.

Mon Dieu, est-ce que je suis perdue ?

Alors qu'ils reposaient l'un contre l'autre, alanguis, Luca finit par se tourner vers Ellie, se redressant à demi sur un coude. Il rabattit le drap qu'elle avait ramené sur son corps – elle se montrait toujours étrangement prude après leurs ébats.

— Je ne te mentirai pas, *querida*, lui dit-il en lui effleurant le cou, la proposition que je t'ai faite me convient. L'amour et les promesses creuses, ce n'est pas ma tasse de thé, mais tu apportes quelque chose à ma vie, et à celle de Jake. Comme je te l'ai déjà dit, je n'ai jamais envisagé le mariage, mais cet arrangement aurait d'excellentes chances de succès. Et il m'épargnerait le désagrément de rentrer à Londres pour éteindre le feu des commérages alimenté par mon ex-maîtresse vindicative.

Ellie soupira. L'honnêteté de Luca était louable. Il n'enveloppait pas son offre dans du papier d'argent, n'essayait pas d'accorder au contenu de la boîte une valeur plus grande qu'en réalité. Il était franc en disant que la fausse nouvelle du mariage l'avait amené à considérer les avantages d'une véritable union. Jake aurait une famille. Luca ne serait pas obligé de s'expliquer avec des journalistes fouinards. En plus, il aurait la satisfaction de réduire à néant le profit que son ex escomptait tirer de ces rumeurs mensongères. Et si jamais il changeait d'avis… Eh bien, ce n'était pas comme s'il lui avait passé la bague au doigt par amour, non ?

— Tout ça paraît bien égoïste, Luca.

— Jake ne serait pas de cet avis.

— Bref, Jake gagne, tu gagnes… Et moi, dans tout ça ?

— Crois-tu réellement que l'amour soit une garantie de bonheur ?

— Ce n'est pas de ça qu'il s'agit, non ?

— Ma foi, Ellie, je pense que si. Nous avons du respect l'un pour l'autre. Nous nous entendons bien. Tu auras la sécurité financière pendant le reste de ton existence, mais si tu veux continuer à travailler, je ne m'y opposerai pas. Je ne suis pas un de ces dinosaures qui veulent une femme au foyer. Cerise sur le gâteau, on s'entend divinement bien au lit.

— Et quand on s'entendra un peu moins bien ? Ton pedigree amoureux n'est pas une garantie de durée sur ce plan, pas vrai ?

— Tu as déjà battu le record de durée. Je suis loin d'éprouver ne serait-ce qu'un soupçon d'ennui avec toi.

— Parce qu'on se connaît d'avant-hier !

Luca la regarda d'un air grave.

— J'ai passé plus de temps avec toi qu'avec n'importe quelle autre femme.

Ellie, horrifiée, réalisa que *l'espoir* se glissait en elle. L'espoir que cette déclaration signifiait quelque chose. L'espoir que Luca en vienne à l'aimer. L'espoir de lui devenir indispensable. Après tout, ces choses-là arrivaient, non ?

— Aucune femme ne rêve d'une demande en mariage en forme de contrat d'affaires.

— Je n'ai jamais couché avec celles avec qui j'ai fait des affaires.

— Tu sais très bien ce que je veux dire.

— Je ne vais pas te forcer la main, Ellie.

— Donc, si je réponds non, ça te sera égal ?

— J'ai appris que la vie continue quelles que soient

nos désillusions en chemin. Il n'y a pas grand-chose que je ne puisse encaisser.

— Parce que tu as dû encaisser des choses dures lorsque tu étais très jeune…

— Tu veux jouer les psys avec moi ? fit Luca.

Ellie était dans son lit, encore empourprée par leurs ébats. Ce n'était pas là une femme qui lui opposerait une rebuffade.

— Tu me demandes de te promettre le mariage, alors qu'on ne se connaît pratiquement pas ! objecta-t-elle.

Luca éclata de rire. Puis, s'arrangeant pour attirer Ellie au creux de son bras, il lui taquina un sein, lui effleura les lèvres d'un baiser.

— Tu serais étonnée par l'étendue de notre familiarité, lâcha-t-il.

— Tu m'as comprise, ne te fais pas plus bête que tu ne l'es !

Luca était de nouveau en érection. Décidément, Ellie avait le don de l'exciter !

— On parle trop. Je veux bien discuter, à condition d'avoir une petite conversation friponne. Ne me dis pas que tu t'y opposes. Tu sais très bien que ça t'excite quand je détaille ce que j'ai envie de te faire…

Il manœuvra de façon qu'elle l'enjambe, effleura doucement son pubis, puis il se coula vers le cœur de sa féminité, opérant à petits coups de langue légers. Il titilla ainsi son clitoris, glissa un doigt en elle, œuvra jusqu'à ce qu'elle se contorsionne de plaisir, lâchant de petits cris de volupté. Il n'y avait plus ni arguments, ni doutes, ni questions.

Si Ellie avait des doutes au sujet de sa proposition, il savait comment lui montrer ce qui était précisément en jeu…

Le lendemain matin, Luca ne reparla pas de sa proposition et ne manifesta envers Ellie aucune froideur. Avait-il tout oublié, ou bien sa réponse négative était-elle passée à la trappe ?

Elle n'aborda pas le sujet. Luca n'était pas habitué à ce qu'on lui résiste, alors de deux choses l'une : ou bien il avait décidé d'abandonner l'idée parce qu'il avait heurté un obstacle, ou bien il attendait son heure. Quoi qu'il en soit, elle n'allait pas remettre ça sur le tapis et se retrouver sur la défensive.

Nerveuse, elle n'était pas vraiment à ce qu'elle faisait. Luca les emmena dans une baie retirée sur son petit bateau à moteur – un superbe joujou de milliardaire. Le merveilleux pique-nique qu'on leur avait préparé lui parut insipide. Elle nagea et explora un peu la nature avec Jake. Elle sut trouver les mots qu'il fallait pour capter son intérêt, mais elle était terriblement consciente de la présence de Luca.

Luca, si sexy, si tentant… et désormais *à sa portée.*

Elle fut soulagée lorsque 19 heures sonnèrent et que Jake fut mis au lit. Pour la première fois, elle lui demanda s'il voulait que Luca lui lise une histoire.

— Oui, je veux bien, répondit-il en haussant les épaules.

C'était un sacré pas en avant ! Parce qu'il croyait avoir maintenant une famille et se sentait en sécurité ?

Luca patientait dans la cuisine, en contemplation devant la fenêtre, lorsqu'elle y entra. Mais avant qu'elle ait eu le temps de prononcer un mot, son mobile sonna et elle le sortit machinalement de la poche de son jean tout en se rapprochant de Luca.

— Lily !

Pendant quelques secondes, Ellie se sentit si désorientée qu'elle ne fit pas tout de suite le lien entre la voix qui lui parlait et la sœur dont elle avait ignoré les messages curieux. Elle avait vécu dans une bulle, ces temps-ci. Et la réalité se rappelait soudain à elle.

— Est-ce que papa va bien ? demanda-t-elle, prise d'angoisse.

— Tu n'as répondu à aucun de mes messages !

— Désolée, Lily. Je rentre dans quelques jours, et j'ai pensé attendre de… euh, de te parler de vive voix.

— J'ai fait des recherches en ligne sur ton Luca Ross, et

il est plein aux as, Ellie ! En plus, il a un physique de rock star ! Alors, qu'est-ce qui lui a pris de se fiancer avec toi ?

— Eh bien, merci ! s'exclama Ellie, froissée.

Elle résista à la tentation de couper la communication. Elle ne connaissait que trop bien Lily. Sa sœur n'allait pas la féliciter, elle formait déjà des plans en se disant qu'un homme comme Luca serait bien mieux loti avec une fille comme elle.

— Tu aurais dit à papa que toute cette histoire de fiançailles n'est qu'un tissu d'inepties. C'est vrai ?

— Ne parlons pas de moi, dit Ellie, jetant un coup d'œil vers Luca, qui écoutait la conversation sans se gêner. Parlons plutôt de toi. De tes projets en Amérique. Tu as beaucoup de propositions excitantes, c'est ça ?

— As-tu couché avec lui ?

— Lily !

— Désolée.

— Tu es contente de ton séjour en Angleterre ?

— Ah, enfin, tu poses la question ! Je ne suis pas en Angleterre. Je t'appelle de Majorque. Papa m'a dit où tu étais, et je me suis dit que j'allais prendre l'avion pour te rendre visite. Il se fait du souci, dit Lily, adoptant soudain une voix attentionnée. Alors, je me suis portée volontaire pour vérifier que tout va bien.

— Tu… Tu es *ici* ?

Ellie regarda fébrilement autour d'elle, comme si elle s'attendait à ce que sa sœur surgisse de quelque placard.

— Juste pour m'assurer que tu n'es pas dans le pétrin. Ce n'est pas tous les jours que tu te fiances ! Je sais que ce ne sont que des fadaises, d'après papa, mais quand même… Quand on est sœurs, on veille l'une sur l'autre, non ? Enfin bref, la batterie de mon portable est presque à plat, alors tu veux bien m'envoyer l'adresse par SMS ? Je prendrai un taxi.

Acculée dans une voie apparemment sans issue, Ellie communiqua l'adresse à Lily. Elle avait le tournis. Combien de temps Lily mettrait-elle pour arriver à la villa ? Combien de temps comptait-elle rester ? Comme de bien entendu, sa sœur n'avait aucun scrupule à se présenter sans y être invitée chez quelqu'un qu'elle ne connaissait pas !

Parce qu'elle a une idée derrière la tête.

Si, autrefois, sa sœur lui avait volé le garçon avec lequel elle sortait, juste pour s'amuser, alors quelles pourraient être ses intentions au sujet de Luca, un des plus beaux partis de la planète ?

À cet instant seulement, Ellie comprit qu'elle avait commencé à envisager la folle proposition de Luca. Elle l'avait d'abord trouvée risible, mais l'idée avait suscité toute une série de scénarios tentateurs. L'irruption soudaine de Lily ? Elle frémissait rien que d'y penser !

— La famille ? lança Luca.

— Ma sœur, lâcha Ellie, qui, percevant la note de désarroi dans sa propre voix, s'efforça de la corriger par un sourire. Tu sais quoi ? Elle est ici, en route dans un taxi pour venir me voir. J'ai hâte de la retrouver. Il y a des mois et des mois qu'on ne s'est vues...

— Oh ! La fameuse sœur avec laquelle j'aurais des atomes crochus.

Ellie se raidit et ne répondit rien. Luca lui tendit un verre de vin, qu'elle avala d'un trait.

— Tu te donnes du courage ? murmura-t-il avec une curiosité aiguë.

Ellie rougit.

— J'ai soif.

— De vin. Intéressant. En général, un verre d'eau fait l'affaire pour étancher la soif. Tu devrais t'asseoir. Tu as mauvaise mine.

— Je dois te dire qu'elle est au courant pour... euh... En fait, j'ai dit à mon père que, s'il tombait sur un article stupide au sujet de notre liaison, il ne devait surtout pas le croire.

— Or la nouvelle de nos fiançailles circule, maintenant, et ta sœur pense qu'elle n'a aucun fondement... C'est ça ?

— Quelque chose comme ça, oui.

— Et elle voit juste ?

Ellie se mordit la lèvre. Une pensée audacieuse et un peu retorse se frayait un chemin dans son esprit, malgré l'angoisse suscitée par le coup de fil de sa sœur. Bon sang ! Comment Lily osait-elle se montrer ouvertement choquée qu'elle puisse être fiancée à un homme superbe, riche, sexy et convoité ? Et pourquoi Ellie aurait-elle dû s'incliner à l'entrée en jeu de sa sœur ? Pourquoi aurait-elle dû battre en retraite parce que Lily arriverait à ses fins, comme toujours ?

Soudain, Ellie était excédée du sentiment d'insécurité qu'il lui fallait dompter chaque fois que Lily était là. Luca lui avait insufflé de l'assurance – allait-elle donc s'en dépouiller parce que sa sœur venait « aux nouvelles » ? Prétendument parce que deux sœurs devaient veiller l'une sur l'autre. Allons donc ! Lily avait-elle jamais tenu un tel rôle ?

Pour la première fois de sa vie, Ellie avait osé au lieu de jouer la prudence. Et elle se sentait bien.

— On pourrait tenter le coup, dit-elle, envoyant la prudence par-dessus les moulins.

Ils pouvaient bel et bien tenter leur chance. Certes, Luca n'avait pas d'amour pour elle, mais elle pouvait essayer de lui devenir indispensable. Et si c'était par le biais de Jake, eh bien, soit ! Elle ne supportait pas l'idée de ne plus revoir Luca. Et elle se racontait des histoires si elle pensait pouvoir encaisser un tel désastre.

Luca eut un lent sourire satisfait, puis l'attira vers lui. Il l'embrassa, et les doutes qu'elle conservait encore sur cette folle décision fondirent comme neige au soleil. Elle se pendit à son cou, l'embrassa avec passion et abandon.

Elle avait un peu l'impression d'agir en rebelle, mais c'était agréable. Elle ne pouvait pas réduire à néant le fragile espoir que ce que Luca et elle avaient bâti au cours de ces quelques semaines serait assez fort pour contrer « l'effet Lily ». Elle était toute frémissante alors qu'elle se pressait contre lui, contre son érection vigoureuse.

— Tu as pris la bonne décision, murmura-t-il, passant doucement la main dans ses cheveux courts.

— À tes yeux, forcément, lui dit-elle d'une voix taquine. Du moment qu'on est d'accord avec toi, tu penses que c'est une bonne décision.

Il eut un large sourire.

— Mais j'ai toujours raison !

Cette boutade la fit rire, et elle oublia un instant la proche arrivée de sa sœur.

— N'aie donc pas cet air inquiet, lui conseilla-t-il en l'embrassant encore.

— Ma sœur a toujours cet effet-là sur moi, avoua-t-elle en se nichant contre lui.

— Elle t'angoisse ? Charmant.

— « Charmante » est l'adjectif que tu lui appliqueras sûrement, marmonna Ellie.

— Pardon ? Je n'ai pas compris.

— Laisse tomber.

Ellie sourit, et décida qu'un autre verre de vin ne lui ferait pas de mal.

Lorsque la sonnette de la porte d'entrée retentit, Ellie se précipita pour ouvrir. Luca patienta dans la cuisine, très curieux de savoir ce que l'océan avait décidé de rejeter sur leurs rivages.

Il savait à peu près à quoi s'attendre, et il ne fut pas déçu.

— Luca, je te présente ma sœur, Lily.

Ellie observa d'un œil d'aigle l'échange en cours, et si Luca fut impressionné, il n'en laissa rien paraître. Elle en éprouva une bouffée de satisfaction peu charitable, car Lily était plus superbe que jamais après plusieurs mois sous le soleil californien.

Elle avait un hâle doré, et ses longs cheveux blond platine cascadaient dans son dos, captant la lumière. Elle était à peine vêtue : un petit haut court qui révélait son ventre plat et une hirondelle tatouée juste sous son nombril, un jean déchiré taille basse qui semblait conçu pour mettre en valeur ses jambes interminables.

Elle avait entamé son petit numéro de séduction, parlant vite avec des gestes de main engageants, usant de son attitude corporelle pour suggérer à Luca que ce qu'il voyait n'était que la pointe de l'iceberg.

Ellie avait vu cent fois sa sœur à l'œuvre, mais elle avait tout de même le cœur serré car, pour la première fois, elle était vraiment malade à l'idée de ce qui pourrait se produire si la magie de Lily opérait et si elle envoûtait Luca avec ses grands yeux bleus.

— Vous seriez comme un poisson dans l'eau à Los Angeles, roucoulait-elle en cet instant, agitant sa crinière blonde et s'attablant dans la cuisine comme chez elle. On y rencontre tous ceux qui font la pluie et le beau temps dans les médias, et vous seriez vraiment à votre place. Vous n'avez jamais envisagé de faire du cinéma ? J'ai beaucoup de relations… Non que vous ayez besoin d'un coup de pouce !

Elle décocha son sourire à fossettes à Luca, puis dit avec une moue :

— Je sais que vous êtes sorti avec plusieurs célébrités.

— Ce n'est pas ma tasse de thé, répondit poliment Luca.

— Pourtant, vous pourriez être acteur, continua Lily tandis qu'Ellie rongeait son frein. Vous avez le physique qu'il faut, beau et ténébreux à souhait.

Puis Lily se tourna vers elle et lui fit un clin d'œil en veillant à ce que Luca le voie, comprenne qu'elle était au courant de la supercherie.

— Bon, j'ai du travail en retard, dit-il en sortant. Je vous laisse, vous avez des choses à rattraper.

Ellie garda le silence, elle était trop accaparée par des pensées douloureuses. Elle venait d'accepter la proposition de Luca mais, déjà, elle en percevait les failles. Ici, en Espagne, dans ce petit monde isolé, il était facile d'oublier le monde extérieur. En passant le seuil, Lily avait apporté ce monde extérieur, et Ellie se demandait si, une fois à Londres, Luca serait capable de résister au charme conquérant de toutes les belles blondes semblables à Lily qui s'agglutinaient autour de lui.

— Il est *superbe*, fit Lily.

Arrachée à son introspection, Ellie remplit le verre de sa sœur et lui demanda poliment si elle avait mangé.

— Je pourrais te préparer quelque chose.

— Toujours la gentille maîtresse de maison. Non, merci, je suis au régime. Tu n'imagines pas la compétition qu'il y a, là-bas.

— Mais tout va bien ? Tu as à peine parlé de toi.

Tu étais trop occupée à flirter avec Luca, ajouta Ellie en son for intérieur.

Lily eut un geste désinvolte et fit le tour de la cuisine, observant les lieux.

— Bien sûr que ça va. Pourquoi ça n'irait pas ? J'aurais volontiers donné un coup de main pour papa, tu sais, mais c'est tombé à un mauvais moment pour moi, financièrement parlant. Pour créer, il faut investir, et j'étais embarquée dans des placements, ces trucs-là. Tu sais ce que c'est.

Ellie n'en avait aucune idée, au contraire.

— Mais bon, de toute façon, continua Lily, ça n'a plus d'importance, maintenant. Dis-moi tout sur le beau gosse. Je sais que tu es là juste pour la galerie, mais vous devez sûrement faire des sorties, voir des gens… Raconte.

Ellie se mit à ouvrir des placards, regarder dans le réfrigérateur, en ignorant sa sœur et la curiosité avide peinte sur son ravissant visage. Lily n'était pas venue s'assurer que tout allait bien. Elle était venue pour en avoir le cœur net : comment sa sœur, qui s'était toujours fondue dans le décor, se retrouvait-elle à la une des journaux à scandale ? Y avait-il du vrai dans cette histoire de fiançailles ?

— Depuis quand n'as-tu rien mangé ? demanda-t-elle à Lily.

Elle se donnait ainsi une contenance, luttant contre la vieille habitude qui la poussait à s'effacer. Car elle avait bel et bien accepté la proposition de Luca, non ? Il allait lui passer la bague au doigt, pas vrai ? Elle ne portait pas d'anneau pour le moment, et il n'y en aurait sans doute pas maintenant que Luca avait eu droit à un aperçu affriolant de ce qu'il ratait depuis qu'il vivait en ermite dans cette villa perdue au milieu de nulle part. Mais tout de même…

En un éclair de lucidité, Ellie sut que Lily essaierait de séduire Luca. Comme elle l'avait fait avec Paul. Elle lui ferait des avances, parce qu'il était le genre d'homme qu'elle tentait de ferrer depuis toujours. Il était riche, puissant, beau. Bref, il était le parti idéal.

— Je te répète que je n'ai pas faim, Ellie. Cesse de t'agiter et parle-moi de Luca. Est-ce qu'il est célibataire ? Je veux dire, pour de vrai ? Ou y a-t-il dans l'ombre une célébrité qui attend que cette stupide histoire de fiançailles se dissipe ?

— Pourquoi demandes-tu ça ? lâcha Ellie d'une voix tendue.

Elle s'assit devant l'omelette qu'elle venait de confectionner en évitant le regard de sa sœur.

— Bon, tu vas me dire si tu es d'accord, et je suis sûre que tu le seras, mais s'il est libre, je pourrais… Enfin, tu sais bien…

— Non, explique-toi, réussit à articuler Ellie.

— Eh bien, il est vraiment fabuleux, et je ne sors avec personne pour le moment. Il y a un nombre incroyable de gays, dans ce milieu, et de toute façon, la plupart des hommes que je rencontre sont plus intéressés par leur petite personne que par moi. Tous des narcissiques.

Sa sœur avait tellement besoin de l'adoration des hommes pour se sentir bien.

— Désolée pour toi, ironisa Ellie.

Lily ne perçut pas la pique. C'était la première fois qu'Ellie voyait une faille dans l'assurance royale que sa sœur affichait comme une armure inoxydable. Cela ne signifiait pas qu'elle-même allait se laisser ramener à son rôle habituel, accepter que Lily obtienne toujours ce qu'elle voulait parce qu'elle était belle.

— Eh bien, soupira-t-elle en repoussant son assiette et en regardant sa sœur d'un air grave mais bienveillant, désolée d'être la porteuse de mauvaises nouvelles, mais Luca est bel et bien pris.

— Ah ? fit Lily, plissant les yeux.

Ellie comprit que sa sœur cherchait déjà la parade.

— Oui. Par moi.

— Tu te paies ma tête, Ellie.

— Pas du tout. Le fait est que… nous sommes fiancés. Pour de bon.

Enhardie, Ellie inclina la tête de côté, comme si elle soupesait la part de vérité qu'elle consentait à livrer. Son cœur battait la chamade alors qu'elle s'apprêtait à faire un grand saut dans l'inconnu.

— Bon, reprit-elle, je reconnais que les premiers articles qui nous prêtaient une liaison n'étaient qu'un tissu de mensonges. Luca m'avait emmenée dans un pub pour discuter de Jake, et son ex s'y trouvait. Elle nous a vus et a décidé de semer la pagaille.

— Je n'arrive pas à y croire, lâcha Lily, abasourdie.

Elle n'aurait pas été plus sidérée si Ellie lui avait annoncé que la Terre était plate.

— Et puis il y a eu tout ce remue-ménage dans les tabloïds à propos de fiançailles. À ce moment-là, nous étions… Enfin, tu sais bien…

— Vous couchiez ensemble ?

— Nous étions tombés amoureux. Profondément et follement amoureux. Je ne sais pas comment c'est arrivé, mais c'est la chose la plus merveilleuse que j'aie jamais vécue.

Ellie sentit que les larmes lui montaient aux yeux. Lily penserait peut-être que c'étaient des larmes de joie. Mais Ellie se savait remuée parce qu'elle venait de décrire une situation qui n'était qu'à moitié vraie.

— Il est merveilleux, Lily. Il peut paraître arrogant à première vue mais, quand on le connaît, il est loin de se résumer à ça. Luca est intelligent, drôle, attentionné, et je ne pourrais aimer personne autant que lui.

— Et il éprouve les mêmes sentiments pour toi ?

— Pourquoi m'aurait-il demandé de l'épouser, sinon ? dit Ellie, évitant de donner une réponse directe.

— Tu ne portes pas d'anneau.

— Parce qu'il veut m'emmener chez son joaillier londonien à notre retour. N'oublie pas que c'était imprévu. Cela nous a pris tous les deux par surprise. Mais que veux-tu, quand l'amour frappe !

Avec un rire gai, Ellie se leva pour mettre la vaisselle dans l'évier et éviter par la même occasion le regard inquisiteur de sa sœur.

Une voix grave, veloutée et traînante qui ne lui était que trop familière, ajouta derrière elle :

— N'est-ce pas ?

Ellie pivota sur elle-même avec vivacité, manquant de peu laisser tomber son assiette, et lâcha en s'empourprant :

— Luca !

— Chérie.

Luca regarda Lily tout en venant enlacer Ellie. Il lui déposa un baiser au coin de la bouche.

— Je suis content que tu aies suivi mon conseil et parlé de nous deux à ta sœur.

Il manœuvra de façon à s'appuyer contre le plan de travail, torse contre le dos d'Ellie placée devant lui, les mains abandonnées sur ses épaules.

— Elle voulait informer aussi votre père, mettre un terme à ces rumeurs, dit-il à l'adresse de Lily. Et il est vrai que mon ex a inventé cette histoire pour me jouer un mauvais tour, mais comment aurait-elle pu deviner que les fiançailles qu'elle avait forgées de toutes pièces deviendraient réelles ?

Lily émit un drôle de son étranglé et se leva, l'air soudain déroutée, très jeune et vulnérable.

— Alors, pour être bien clair, continua sans ciller Luca, je ne suis pas libre.

— Je… Oui, bien sûr…, bafouilla Lily.

— Je sais que vous n'auriez jamais l'inélégance de faire des avances à l'homme que votre sœur compte épouser, mais si vous vous y risquiez, sachez que je le verrais d'un très mauvais œil.

— Je ne me permettrais jamais de… Non… Eh bien, toutes mes félicitations à tous les deux. Je vais… Je vais me coucher et je partirai demain matin à la première heure !

— Je veillerai à ce qu'un taxi vienne vous chercher. Mon jet privé est à votre disposition. Huit heures et demie demain, ça vous convient ?

Lorsque Lily eut refermé la porte de la cuisine derrière elle, un silence de plomb s'installa dans la pièce. Lentement, Luca fit pivoter Ellie face à lui.

— Voyez-vous ça…. lâcha-t-il.

11.

Ellie se propulsa hors de ses bras et se retourna pour faire face à Luca, les bras croisés, furieuse.

— Il y a combien de temps que tu écoutais aux portes ? Tu trouves correct d'espionner les conversations des autres ? Parce que moi, pas !

— Non, c'est tout à fait inacceptable, dit tranquillement Luca. Mais quand ta sœur t'a demandé si j'étais libre, je n'ai pas pu résister. J'étais curieux de voir la tournure que prendrait la conversation.

— Lily a toujours considéré qu'elle pouvait se permettre ce qu'elle voulait, en matière de garçons. J'ai juste voulu lui montrer qu'il y a des limites. C'est humain !

Luca se versa un verre d'eau, tira une chaise et s'assit.

— Discutons un peu.

— Pas du tout.

— Laissons de côté la déclaration d'amour, pour le moment. Je voudrais t'interroger sur ta sœur.

— Pourquoi ?

— Inutile de te diriger vers la porte, Ellie. Ne cherche pas à te défiler. Il faut que nous parlions.

— C'est dangereux, non ? lui répliqua-t-elle.

Ellie tentait fébrilement de se remémorer les propos qu'elle avait tenus. Elle s'était épanchée avec Lily alors que Luca, à son insu, tendait l'oreille à la porte !

— Comment ça ?

— Parler, c'est risqué, non, pour quelqu'un qui tient à rester sur un plan superficiel ? Pour quelqu'un qui panique s'il y a une femme devant les fourneaux dans la cuisine. Si ton fichu *arrangement* te convient si bien, ce n'est pas parce qu'il fait l'impasse sur le côté domestique, peut-être ? Sur toutes ces choses du quotidien par lesquelles tu te sens piégé ?

— Si nous nous marions, tu seras devant les fourneaux de temps à autre, je suppose. Tu as dit que ta sœur était mon genre de femme… C'est à cause de son physique ? Arrête de rester les bras ballants, bon sang ! s'agaça-t-il. Assieds-toi.

— Cesse de me crier dessus, maugréa Ellie.

Elle s'assit pourtant, car elle ne se sentait pas très solide sur ses jambes. Luca la rendait chèvre ! Il ne donnait ni dans les relations amoureuses ni dans la vie au foyer. Son truc, c'était un contrat professionnel sans attaches émotionnelles, point final. Alors pourquoi n'était-il pas irrité à l'idée qu'elle cuisine pour lui ? Qu'ils partagent un quotidien ?

— Réponds à ma question, lança-t-il.

— Oui, évidemment, j'ai pensé ça ! Elle est blonde, belle, et elle ne se gêne pas pour se mettre en avant !

— Je suis surpris que tu ne lui aies pas donné le feu vert pour se pavaner devant moi en exhibant ses charmes, lâcha Luca, pince-sans-rire. Cela t'a traversé l'esprit de lui laisser le champ libre, n'est-ce pas ?

Il l'observa avec attention, le regard soudain plus froid, et elle secoua la tête. Elle se sentait vidée. Comment allait-elle gérer cette situation ? Allait-elle mentir ? Faire semblant ? Elle en avait assez de jouer la comédie !

Si Luca tenait tant que cela à parler, eh bien, elle allait le faire. Et elle allait lui dire la vérité : ce qu'elle ressentait, comment cela lui était venu et ce qu'elle attendait réellement d'une relation avec lui. Si ça ne lui plaisait pas, il serait libre de se désengager !

Elle avait été stupide de s'imaginer qu'en l'épousant elle prenait la meilleure option parce qu'elle pourrait jouir de son amour pour lui et, peut-être un jour, être payée de retour – ne serait-ce qu'un peu. Cet arrangement avait été conçu pour Jake. Si Luca avait des sentiments pour elle, ils se fondaient avant tout sur le désir qu'elle lui inspirait. Certes, Luca l'aimait bien. Mais ce n'était pas de l'amour.

Allait-elle vraiment se satisfaire du fait qu'il *l'aimait bien* ? Ne valait-il pas mieux pour elle, au bout du compte, qu'elle s'en aille et puisse espérer rencontrer un jour un homme qui l'aimerait et la chérirait comme elle le méritait ?

— Non, je n'ai pas pensé à laisser le champ libre à Lily, lui dit-elle sincèrement. Ou si l'idée m'a traversée, j'y ai à peine pris garde. En fait… j'ai eu un petit ami, il y a un an ou deux. Il s'appelait Paul, et je croyais que c'était sérieux. C'était quelqu'un de bien, solide, vraiment gentil. Très affectueux.

— D'un ennui mortel, quoi…

Ellie fronça les sourcils, puis s'avoua que Paul n'avait rien de très fascinant, surtout par comparaison avec Luca.

— Il n'était pas du tout le genre de Lily, continua-t-elle, le regard perdu au loin. Elle courait toujours après les hommes beaux, riches et athlétiques. Mais elle a jeté son dévolu sur Paul. J'ignore si elle l'a fait par méchanceté, ou sans réfléchir parce que c'est une seconde nature pour elle de flirter. En tout cas, il est tombé dans ses filets. Alors qu'il parlait de partir en vacances avec moi, de partager ma vie, du soir au lendemain il est tombé en extase devant ma sœur. Alors ai-je été tentée de l'autoriser à te draguer ? Non. Pas du tout.

— En réalité, tu as décidé l'inverse, murmura Luca, indéchiffrable.

Ellie haussa les épaules et détourna les yeux. Il allait lui remettre gentiment mais fermement les idées en place au sujet de ce qu'il avait entendu. Lui dire d'un air contrit qu'il ne pouvait pas tenir leur engagement parce qu'il ne recherchait pas du tout ce qu'elle voulait. C'était couru. Et cela l'attristait au plus haut point.

— Je suis un être humain, c'est tout, lâcha-t-elle.

— Ça a toujours été comme ça ?

— C'est-à-dire ?

— Vivre dans l'ombre de ta sœur.

— Plutôt, oui. Elle possédait la beauté, et ma mère a cultivé ça. Elle voulait que Lily réussisse là où elle-même avait échoué. Ma mère était une femme déçue. Elle était très belle, et je crois qu'elle pensait mériter mieux que d'être mariée à un homme aussi ordinaire que mon père.

— Une union malheureuse, commenta Luca. Pourtant, tu as ces idées romantiques sur l'amour et le mariage.

— Quel mal y a-t-il à ça ? Ce n'est pas parce que mes parents n'ont pas été heureux en ménage que les couples réussis n'existent pas.

— C'était jubilatoire d'annoncer à ta sœur que nos fiançailles étaient réelles ?

Ellie rougit et avoua à contrecœur :

— Prodigieusement.

— Question cruciale : pensais-tu ce que tu as dit ?

Ellie était à la croisée des chemins. La vérité la libérerait quoi qu'il advienne, que Luca, horrifié, prenne ses jambes à son cou ou pas. Mais un mensonge avait tellement plus d'attrait… Il lui permettrait de s'en tirer la tête haute, avec son orgueil intact. Elle pourrait rire de bon cœur en assurant qu'elle n'en avait pas pensé un traître mot. Alors, Luca serait soulagé qu'elle s'en tienne aux règles qu'il avait définies.

Elle prit une inspiration et posa sur lui un regard droit.

— Oui, jusqu'au dernier mot. Désolée. Tu m'as pourtant mise en garde et recommandé de ne pas m'impliquer émotionnellement, et j'aurais aimé pouvoir le faire, mais je n'y ai pas réussi.

Elle attendit qu'il réagisse, qu'il dise quelque chose, n'importe quoi. Mais il se contenta de rester immobile, figé, et ses yeux noirs ne révélaient rien. Elle en fut réduite à essayer de deviner ce qu'il pensait, et elle détestait ça.

Cependant, puisqu'elle avait commencé, elle se sentait tenue de continuer jusqu'au bout.

— Je suis amoureuse de toi. Je sais que ce n'était pas dans le contrat, et je ne devrais sans doute pas t'avouer ça, parce que tu es un homme qui a verrouillé son cœur et en a jeté la clé. Mais voilà, c'est comme ça. Je t'aime. Je ne sais ni pourquoi, ni quand, ni comment je suis tombée amoureuse de toi. J'aimerais pouvoir être noble et dire que j'ai accepté les fiançailles pour Jake, et je suppose que cet argument a tout de même joué un rôle dans ma décision, mais s'il faut être franche, j'ai voulu, pour une fois dans ma vie, prendre un risque. Et j'ai aussi pensé que si nous vivions ensemble, je pourrais avoir une chance de gagner une place dans ton cœur.

— Je n'ai jamais donné à aucune femme la moindre place dans mon cœur.

Ellie eut envie de disparaître sous terre, même si elle s'était attendue à une telle réaction.

— Je sais, mais tu ne t'es jamais fiancé avant, si ?

— Je n'ai jamais été assez stupide pour ça.

Elle détourna les yeux. Son cœur battait à se rompre. Elle allait se sentir mal.

— Pourquoi es-tu si froid ?

— Pragmatique, corrigea Luca.

— Non, Luca, ça n'a rien à voir ! On est pragmatique quand on emporte de la lotion solaire pour partir en vacances dans un pays chaud ! Être froid comme un iceberg et sans émotions…

Elle se tut et secoua la tête, à bout d'arguments.

— J'ai vu de près ce que la mort de ma mère a fait à mon père, lâcha Luca. Je t'en ai déjà parlé.

— Cela ne signifie pas que je suis d'accord avec toi !

— Il ne s'en est jamais remis. Il faut être fou pour s'attacher à un être humain au point de s'égarer s'il vient à disparaître. Et n'oublions pas qu'après la mort de ma mère j'ai vu à l'œuvre la méchanceté et la cupidité des femmes, prêtes à tout pour de l'argent. Bon sang, je n'étais encore qu'un adolescent, et certaines m'ont fait des avances lorsqu'elles avaient échoué auprès de mon père !

— Tu préfères rester seul au lieu de tenter ta chance ?

Ellie eut consciente d'avoir pris un ton implorant ; elle en eut honte.

— Je n'ai jamais été seul.

— Je ne parle pas d'avoir une femme dans ton lit ! Je te parle d'en avoir une dans ton cœur !

— Je choisis de me passer de cette complication et d'être bien quand même.

Ellie se leva d'un bond. Des larmes lui montaient aux yeux, mais il était hors de question qu'elle s'effondre devant Luca.

— Très bien. Je pense que je ferais mieux de monter.

— Ellie…

— Ne rajoute rien, Luca.

Ellie gagna la porte de la cuisine. Elle ne se lèverait pas le lendemain pour dire au revoir à sa sœur – elle la reverrait bien assez tôt, et Lily pourrait se payer sa tête. Bizarrement, cela lui était égal. Elle ne pouvait pas souffrir plus qu'elle ne souffrait en cet instant.

Elle s'était accoutumée à partager le lit de Luca ; par habitude, elle faillit aller dans sa chambre. Mais elle obliqua vers la sienne, où elle entra sans bruit. Elle sortit sa valise du dressing et l'ouvrit. Lorsqu'elle l'avait faite au moment du départ, elle était pleine d'enthousiasme et d'excitation. Elle avait eu l'impression d'entreprendre la grande aventure de sa vie. En la considérant à présent, elle sut qu'elle serait malheureuse comme les pierres lorsqu'elle l'aurait remplie et refermée.

Elle n'aurait su dire combien de temps elle mit à entasser des vêtements à l'intérieur. Quand on frappa à la porte, elle tressaillit comme si c'était un coup de tonnerre. Elle devinait qui venait la voir. Lily avait quitté la cuisine après sa confrontation avec Luca, mais elle était sûrement dévorée de curiosité ; elle avait dû l'entendre monter l'escalier et gagner sa chambre.

Se hâtant de flanquer la valise dans le dressing, Ellie

se composa l'attitude d'une femme amoureuse qui, mystérieusement, ne partageait pas la chambre de son prétendu futur mari. Ce fut en affichant un sourire – qui ressemblait plutôt à un rictus – qu'elle ouvrit la porte, s'apprêtant à affronter le feu roulant des questions de Lily.

Elle se retrouva face à Luca.

— Laisse-moi entrer, Ellie.

— Va-t'en !

Il jeta un coup d'œil vers le dressing entrouvert.

— Que fais-tu ?

— Mes bagages.

— Laisse-moi entrer, répéta Luca, se passant une main dans les cheveux d'un air incertain. Je t'en prie. Je… J'ai été stupide.

— Vraiment ? répliqua-t-elle, glaciale. Je croyais que c'était ma spécialité.

— J'ai été insensé de m'imaginer que je pouvais vivre sans toi, murmura-t-il d'une voix basse et pressante.

Ellie le foudroya du regard.

— Ben voyons ! Et je suis censée te croire ?

— Je ne veux pas que nous ayons cette conversation-là comme ça.

Comme elle ne disait rien, il continua, en se dandinant d'un pied sur l'autre :

— Je n'ai jamais supplié personne, et je ne saurais peut-être pas comment m'y prendre. Mais si tu ne me laisses pas entrer, je crois que je vais tenter le coup.

Elle s'écarta avec réticence puis, dès qu'il fut entré et que la porte fut close, elle gagna le large appui de la fenêtre et s'y adossa, bras croisés, fixant Luca.

Guère dissuadé, il vint tout près d'elle.

— Tu m'as dit que tu m'aimais.

— Je n'ai pas envie qu'on me le rappelle.

— Tu m'as dit que tu m'aimais, et j'ai réagi comme à mon habitude. Je t'ai tourné le dos. J'ai été formaté ainsi.

Ma vie était comme les eaux dormantes d'un lac, jusqu'à ce que tu y entres comme une tornade. Tu te fichais de ce que je pensais, tu disais ce que tu avais envie de dire. Et je ne me doutais pas que ça deviendrait si addictif.

— Si tu cherches à m'amadouer pour que je reconsidère la question des fiançailles, laisse tomber.

— Jake ou pas Jake, si j'avais peur de vivre avec une femme qui m'aime, rien ne pourrait me faire envisager des fiançailles !

Un mince espoir la gagna à ces mots. Mais elle ne voulait pas être déçue, risquer de souffrir encore plus.

— Dis ce que tu as à dire et finissons-en !

— J'ai cru que je serais à l'abri en m'enfermant dans une tour d'ivoire, reprit-il doucement. J'étais fort, et personne n'avait jamais réussi à ouvrir une brèche dans mes remparts. Puis tu es venue, et tu as réussi une percée en un rien de temps. Je t'ai demandé de m'accompagner parce que j'avais besoin de toi ici, *pour Jake*. Mais au lieu d'envisager avec réticence la présence d'une femme chez moi, sur mon territoire, avec toi, j'ai trouvé ça... confortable.

— Confortable ! s'exclama Ellie.

Seigneur... Pourquoi ce mot paraissait-il si terne et ennuyeux ? Luca éclata de rire.

— C'est un compliment, Ellie. Cela aurait dû aussi m'avertir que tu n'étais pas seulement différente des autres femmes que j'ai connues, mais que j'étais en train de craquer pour toi.

— Craquer pour moi ? C'est pourquoi tu m'as écoutée déverser ce que j'avais sur le cœur et m'as tourné le dos ensuite ? ironisa-t-elle non sans amertume.

— Je te l'ai déjà expliqué, j'ai réagi par habitude, après avoir passé des années à me convaincre que l'amour, ce n'était pas mon genre. Je pourrais prétendre que j'étais choqué par ce que tu avais dit, mais je ne l'étais pas. Ou prétendre que je me sentais piégé, mais ce serait aussi un mensonge. Aussitôt après ton départ, je me suis senti mal.

— Mais tu n'as rien dit...

— J'en étais incapable. Et de toute façon, je n'ai pas reconnu les signes parce que je n'avais jamais parcouru ce chemin auparavant, et n'en avais jamais eu envie. Franchement, je n'ai pas capté ce qui se passait, avoua Luca avec une honnêteté visible. Tu ne ressemblais à aucune de celles que j'avais connues. Au début, j'ai simplement cru que tu étais différente. Et puis nous avons couché ensemble, et tu m'as transporté.

Ellie posa une main sur le torse de Luca et sentit battre son cœur.

— Toi aussi, tu m'as transportée. Au fond, j'ai été aussi rigide que toi dans mes objectifs. Je crois que c'était en partie dû à mon sentiment d'insécurité. C'est Lily qui a droit aux beaux mâles, et je pensais que ce n'était pas un problème puisqu'ils ne m'attiraient pas, de toute manière. Quand je t'ai rencontré, je n'aurais jamais cru pouvoir bâtir un lien avec toi.

— Je m'en doute, dit Luca avec l'un de ses sourires en coin.

Il s'empara de la main qu'elle avait placée sur son torse et y déposa un baiser.

— Les circonstances de notre rencontre ne me paraient pas vraiment d'une auréole, n'est-ce pas ? J'imagine ce que tu as pu penser : sale type arrogant, trop de fric, un pauvre gosse en fugue…

— Pourtant, tu me fascinais. J'étais hypnotisée, et ça me faisait horreur. C'était comme si je n'avais pas vraiment vécu avant de te connaître. Soudain, tu étais là, et ma vie devenait un film. Tu m'as amenée à affronter mon sentiment d'insécurité. Je l'ai surmonté grâce à toi.

— Et grâce à toi, ma chérie, j'ai compris que la vie ne vaut pas la peine d'être vécue si on n'accepte pas de prendre des risques.

Soulevant Ellie dans ses bras, Luca l'emporta jusqu'au lit et l'y déposa comme si elle était le plus fragile et précieux des trésors. Puis il la contempla longuement avant de se glisser à côté d'elle et de la lover contre lui.

— Alors… est-ce que je peux te poser la question ?

— Quelle question ?

— Veux-tu m'épouser ? Pour de bon ? Parce que je ne peux pas envisager la vie sans toi. Je veux que tu sois là pour moi, pour Jake et pour tous les enfants que nous aurons ensemble. Je t'aime, *querida*, aujourd'hui et pour toujours.

— Comment diable une femme pourrait-elle dire non à une proposition pareille ? fit Ellie, en riant et pleurant à la fois.

De bonheur.

12.

Ils se marièrent sans tralala dans l'église du village où Ellie avait grandi. Mais, plusieurs jours après, avant leur départ en lune de miel aux Maldives, ils donnèrent une grande réception pour fêter leur union.

Ce fut un vrai conte de fées pour paparazzis et, pour la première fois de sa vie, Luca leur accorda ce qu'ils voulaient parce qu'il était plus que fier d'exhiber celle qui était devenue sa femme.

Non seulement le père et tous les amis d'Ellie étaient là, mais sa sœur aussi. Elle et Lily avaient eu une longue conversation, et Ellie avait découvert avec étonnement que si elle avait eu ses fragilités, sa sœur n'en avait pas manqué non plus.

— Tu étais si intelligente ! avait reconnu Lily. Moi, je n'avais jamais une note au-dessus de C, alors que toi tu brillais en tout. Quelquefois, j'avais l'impression que papa n'avait d'yeux que pour toi. J'aurais eu beau m'échiner, jamais je n'aurais pu entrer à l'université. Finalement, c'était plus facile de suivre la pente où maman me poussait. J'ai fini par m'habituer à tirer parti de ma beauté. Mais ton intelligence, tu l'auras toujours. Alors que ma beauté ne durera pas.

Là-dessus, Lily s'était épanchée dans un excès d'émotion, et Ellie s'était sentie bien plus proche de sa sœur qu'elle ne l'avait été depuis des années. Lily était partie chercher la gloire et la fortune, mais elle s'était tout simplement retrouvée perdue dans la foule – une jolie fille de plus dans le lot des rêveurs qui poursuivaient le même but.

— Je n'avais plus d'argent, avait-elle avoué. C'est pour ça que je n'ai pas pu en envoyer à papa. Il ne me restait rien. J'étais serveuse la nuit et le jour, je courais les agents, j'essayais d'avoir des contacts. Tout le monde fait pareil. Tu n'imagines pas ce que c'est…

Les progrès accomplis par Jake dans sa relation avec Luca étaient remarquables. Le souvenir de ses parents ne le quitterait jamais, mais il n'était plus l'enfant perdu qui avait éprouvé le besoin de fuir le plus loin possible d'un lieu qu'il n'aimait pas.

Quant aux Maldives…

Ellie regarda l'alliance qu'elle portait au doigt et sourit. Assise devant le coucher de soleil qui incendiait le ciel au-dessus d'une mer calme, elle devait presque se pincer pour être sûre qu'elle ne jouait pas le premier rôle dans un rêve dont elle serait cruellement tirée d'une minute à l'autre…

Là-bas, en Angleterre, Jake était avec Lily et leur père. Sa sœur avait renoncé à ses rêves de gloire et découvrait que la vie ordinaire a du bon.

Ellie contempla le décor sublime autour d'elle. D'épaisses frondaisons étaient baignées d'une douce lumière par les guirlandes de lanternes qui couraient d'arbre en arbre et que la brise vespérale faisait vaciller et danser. Loin devant, l'océan ténébreux évoquait une plaque de verre, et il était difficile de croire que les eaux noires et lisses vireraient au turquoise dès le point du jour.

Ce lieu était un paradis mais, s'il était vraiment spécial, c'était parce qu'elle y était en compagnie de son époux.

Elle entendit les pas de Luca derrière elle, et se retourna en souriant, déjà troublée. Il ne manquait jamais de la bouleverser. Il était si magnifique dans sa grâce et sa puissance de félin ! Et il était *à elle* !

Leur luxueux bungalow était si bien à l'abri du monde qu'ils pouvaient évoluer dans le plus simple appareil sans crainte d'être vus. Pour le moment, juste après avoir pris une douche, Luca avait les hanches enveloppées d'une serviette. Il rejeta en arrière ses cheveux encore humides avant d'arriver derrière elle et de s'incliner pour glisser les mains sous les fines bretelles de sa robe en soie. Il lui enveloppa les seins de ses paumes et les massa en douceur.

Elle s'agenouilla sur la causeuse qu'elle occupait pour prendre entre ses mains le visage de l'homme de sa vie et lui donner un baiser.

— Parfois, j'ai du mal à croire qu'il soit possible d'être aussi heureux, murmura-t-elle.

Il sourit.

— Moi aussi.

Il contourna la causeuse et vint s'asseoir près d'elle sur la véranda en bois.

— C'est toi qui te sentais suffoquer rien qu'à l'idée qu'une femme te fasse la cuisine, tu te rappelles ? lui dit-elle d'une voix taquine, en entremêlant les doigts aux siens.

— Je ne risque pas d'oublier le jour où tu m'as offert le tablier avec ce fichu slogan : « Domestiqué et fier de l'être » !

— Tu ne le portes jamais, ce tablier, dit-elle avec un soupir mais sans cesser de sourire.

— La cuisine, c'est ton territoire, je ne me permettrais jamais de l'envahir. Je sais que tu adores cuisiner pour moi, alors je ne vais pas gâcher ton plaisir !

Ellie éclata de rire. Luca ne mettait pas le tablier, mais il savait se débrouiller devant un fourneau.

— Quand je repense à l'homme que j'étais, qui avait peur de s'abandonner par crainte de souffrir, je m'étonne d'avoir pu être aussi aveugle, reprit-il plus sérieusement. Mais j'attendais peut-être la femme qui saurait me montrer mon erreur…

Il l'attira à lui et lui donna un baiser sur le bout du nez, puis il s'empara de sa bouche. Il l'embrasa tant et si bien qu'elle n'eut plus qu'une envie : entraîner son mari à l'intérieur et s'en donner à cœur joie avec lui.

— Maintenant que nous sommes mariés, continua Luca

avec de l'amusement dans la voix, le moment est peut-être venu de passer à l'étape supérieure…

— L'étape supérieure ?

— Il serait temps que Jake ait un frère ou une sœur, non ?

Il sourit, la souleva dans ses bras puis l'emporta à l'intérieur, dans la chambre, où trônait un lit à baldaquin.

— Pourquoi remettre au lendemain ce qu'on peut faire aujourd'hui ? fit-il avec un sourire sexy.

Ellie se dépouilla de sa robe légère et se tint nue devant lui.

— Aujourd'hui seulement ? répliqua-t-elle avec un petit air provocant.

Luca répondit tendrement :

— Aujourd'hui, demain et chaque jour de notre vie.

Retrouvez en novembre 2019,
dans votre collection

Azur

Un Noël avec son ex, de Dani Collins - N°4147

Après un mariage secret qui s'est soldé par un divorce, Travis a décidé de ne jamais revoir Imogen. La passion qui les unissait était bien trop dévastatrice. Mais lorsque son ex-femme est conduite à l'hôpital, suite à une mauvaise chute sous la neige, il se précipite naturellement à son chevet. Dès lors, menacés par un scandale médiatique, les voilà tous deux contraints de feindre une réconciliation. Jusqu'à Noël, ils feront semblant d'être encore heureux ensemble – amoureux le jour, et amants la nuit !

Voluptueux Noël, de Sharon Kendrick - N°4148

Noël… Sans doute le pire moment de l'année aux yeux de Salvio De Gennaro. Non seulement il ne supporte pas la mièvrerie qui entoure les fêtes, mais surtout, c'est en cette période que sa mère se montre la plus virulente, pour lui reprocher d'être encore célibataire et sans enfants. Non, Salvio n'a aucune envie de célébrer quoi que ce soit. À moins qu'il ne s'offre le seul cadeau qui lui fasse vraiment envie : une nuit avec Molly, la somptueuse jeune femme qu'il vient de rencontrer…

Le protecteur des sables, de Kim Lawrence - N°4149

LES PRINCES DU DÉSERT

Pour échapper à un rapt en plein désert, Abby n'a d'autre choix que de se lier à un mystérieux étranger, par une promesse et un baiser incandescent. Des mois plus tard, elle découvre qu'on la croit mariée à son sauveur des sables… l'héritier de la couronne d'Aarifa ! Bien malgré elle, Abby est alors projetée dans un monde à l'opposé du sien, l'univers glamour et voluptueux de Zain. Jusqu'à devenir la reine du puissant cheikh…

Le patron du manoir, d'Abby Green - N°4150

Edie a été incapable d'oublier cet homme trop beau, trop arrogant, trop sensuel. Face à Sebastio Rivas, elle retient son souffle. S'il vient de lui offrir un poste de décoratrice dans son manoir de Richmond, l'homme d'affaires ne se souvient pas de leur brève rencontre, quatre ans auparavant, ni de son comportement odieux envers elle. Comme elle était naïve, alors, d'espérer lui plaire ! Aujourd'hui, Edie est résolue à rester professionnelle avec Sebastio. Et à ignorer le trouble que son nouveau patron éveille toujours en elle...

Amoureuse d'un Argentin, de Cathy Williams - N°4151

Adolescente, Georgina rêvait d'attirer l'attention de Matias. Mais aujourd'hui qu'elle est adulte, elle sait pertinemment que le sublime Argentin la considèrera toujours comme une simple amie. Alors pourquoi a-t-elle commis la folie de faire croire à leurs familles respectives qu'ils formaient un couple ? Désormais, et pour ne pas décevoir leurs proches, les voilà tous deux obligés de jouer, aux yeux de tous, les amoureux transis...

Un jeu bien trop dangeureux, de Heidi Rice - N°4152

Charismatique et dangereux : Dante Allegri me fait peur. Et pourtant, il me faut aujourd'hui le duper, dans son propre casino. Me croira-t-il quand je me ferai passer pour une riche héritière, venue dilapider une fortune pour tromper son ennui ? Hélas, la réalité est tout autre. Mon honneur est en jeu, et surtout, l'avenir de ma famille. Ce soir, sur la table de black jack de l'Inferno, je dois battre le joueur le plus redoutable, l'hommes d'affaires le plus sexy. Sans dévoiler mes véritables intentions, ni me laisser séduire...

Dans le lit de Lysandros, de Rachael Thomas - N°4153

Alors qu'elle est sur le point de s'offrir à Lysandros, Rio met brutalement fin à leur relation, non sans regrets... Car sa vie vient de voler en éclats. Aussi, le jour où il lui propose de jouer le rôle de sa fiancée, elle hésite à se rapprocher de celui qui hante encore ses nuits. Lysandros cherche-t-il à renouer avec elle, parce qu'elle est la seule femme à lui avoir résisté ? Lui a-t-il pardonné sa désertion, malgré la colère qu'elle voit briller dans son regard ? Quoi qu'il en soit, Rio finit par accepter de jouer la comédie... tout en jurant de se protéger de Lysandros – corps et âme...

Une nuit pour un royaume, de Kate Hewitt - N°4154

SÉRIE : SÉDUISANTS CHEIKHS - 1/2

Une nuit. Rien qu'une nuit. Voilà ce que s'autorise Grace dans les bras de Malik, le plus bel homme qu'elle ait jamais rencontré. Mais lorsqu'elle découvre qu'il est sur le point d'accéder au trône d'Alazar, elle fuit son amant... Dix ans plus tard, le roi Malik apprend que les instants magiques qu'il a passés dans les bras de Grace n'ont pas été sans conséquences. Furieux d'avoir manqué les premières années de son enfant, il décide de légitimer cet héritier secret – en épousant celle qui l'a trahi en lui cachant sa naissance...

Innocents plaisirs, de Pippa Roscoe - N°4155

SÉRIE : LE CERCLE DES TROIS - 2/3

Une nuit de plaisir en compagnie d'une femme douce et innocente. Durant les quatorze mois que Dimitri a passés derrière les barreaux, le souvenir de cette nuit l'a accompagné, comme une lumière dans l'obscurité. Seulement, lorsque sa liberté recouvrée, il découvre que la jolie Anna a eu un enfant de lui, il est fou de rage. Comment a-t-elle pu lui cacher un tel secret ? Aujourd'hui, il est bien résolu à revendiquer son rôle de père auprès de sa fille.

Noces farouches, de Clare Connelly - N°4156

Antonio Herrera voue une haine farouche aux Di Salvo, depuis qu'ils ont détruit sa famille. Comment peut-il donc éprouver un désir aussi brûlant pour Amelia, l'héritière de ses rivaux ? Certes, la jeune femme semble avoir rejeté le monde glamour et luxueux duquel elle est issue, mais cela ne doit pas pour autant détourner Antonio de sa vengeance ! Alors qu'il croit savourer sa victoire en faisant d'elle sa maîtresse, c'est avec stupeur qu'il la découvre bientôt enceinte. Dorénavant, Antonio n'a d'autre choix que d'épouser son ennemie...

Un prince à séduire, de Maisey Yates - N°4157

Quand le prince Stavros fait appel aux services de son agence matrimoniale, Jessica se fait un devoir d'ignorer l'attirance qu'il lui inspire et se met à la recherche de l'épouse idéale. Celle qui saura régner à ses côtés, lui donner des héritiers et ne rien exiger de lui – surtout pas de l'amour. Mais lorsque, après une folle soirée, Jessica se réveille dans les bras de Stavros, elle n'a plus qu'une peur : celle de trouver la femme qui l'éloignera à jamais de cet homme qui lui a fait perdre la raison...

OFFRE DÉCOUVERTE !

Vous souhaitez découvrir nos collections ? Recevez **votre 1er colis gratuit*** **ave** **2 cadeaux surprises !** Une fois votre colis de bienvenue reçu, si vous souhaite continuer à recevoir nos livres, cela se fera automatiquement. Vous recevrez alor vos livres inédits** en avant-première.

Vous n'avez aucune obligation d'achat et cette offre est sans engagement de durée

*1 livre offert + 2 cadeaux / 2 livres offerts pour la collection Azur + 2 cadeaux.
**Les livres Ispahan, Sagas, Hors-Série, Allegria et Best Féminins sont des réédités.

☛ COCHEZ la collection choisie et renvoyez cette page au
Service Lectrices Harlequin – CS 20008 – 59718 Lille Cedex 9 – France

Collections	Références	Prix colis France* / Belgique*
❑ **AZUR**	Z9ZFA6/Z9ZF6B	6 livres par mois 28,49€ / 30,49€
❑ **BLANCHE**	B9ZFA3/B9ZF3B	3 livres par mois 23,35€ / 25,35€
❑ **LES HISTORIQUES**	H9ZFA2/H9ZF2B	2 livres par mois 16,49€ / 18,49€
❑ **ISPAHAN**	Y9ZFA3/Y9ZF3B	3 livres tous les deux mois 23,20€ / 25,20
❑ **HORS-SÉRIE**	C9ZFA4/C9ZF4B	4 livres tous les deux mois 31,65€ / 33,65
❑ **PASSIONS**	R9ZFA3/R9ZF3B	3 livres par mois 24,79€ / 26,79€
❑ **SAGAS**	N9ZFA4/N9ZF4B	4 livres tous les deux mois 35,35€ / 37,35
❑ **BLACK ROSE**	I9ZFA3/I9ZF3B	3 livres par mois 24,79€ / 26,79€
❑ **VICTORIA**	V9ZFA3/V9ZF3B	3 livres tous les deux mois 25,69€ / 27,69
❑ **ALLEGRIA**	A9ZFA2/A9ZF2B	2 livres tous les mois 16,49€ / 18,49€
❑ **BEST FÉMININS**	E9ZFA2/E9ZF2B	2 livres tous les mois 18,55€ / 20,55€
❑ **MAGNETIC**	K9ZFA4/K9ZF4B	4 livres tous les 2 mois 29,39€ / 31,39€

N° d'abonnée Harlequin (si vous en avez un) ___________

Mme ❒ Mlle ❒ Nom : ____________________

Prénom : ____________________ Adresse : ____________________

____

Code Postal : ______ Ville : ____________________

Pays : ____________________ Tél. : __________

E-mail : ____________________

Date de naissance : ____________________

❒ Oui, je souhaite recevoir par e-mail les offres promotionnelles des éditions Harlequin.
❒ Oui, je souhaite recevoir par e-mail les offres promotionnelles des partenaires des éditions Harlequin.

Date limite : 31 décembre 2019. Vous recevrez votre colis environ 20 jours après réception de ce bon. Offre soumise à acceptation et réservée aux personnes majeures, résidant en France métropolitaine et Belgique, dans la limite des stocks disponibles. Prix susceptibles de modification en cours d'année. Vous pouvez demander à accéder à vos données personnelles, à les rectifier ou à les effacer. Il vous suffit de nous écrire en nous indiquant vos nom, prénom et adresse à : Service Lectrices Harlequin CS 20008 59718 LILLE Cedex 9. Service Lectrices disponible du lundi au vendredi de 8h à 18h : 01 45 82 47 47 ou 33 1 45 82 47 47 pour la Belgique.

Harlequin® est une marque déposée du groupe HarperCollins France – 83/85, Bd Vincent Auriol – 75646 Paris cedex 13. SA au capital de 1 120 000€ – R.C. Paris. Siret 31867159100069/APE5811Z.

Composé et édité par HarperCollins France.

Achevé d'imprimer en septembre 2019.

BLACK PRINT

Barcelone

Dépôt légal : octobre 2019.

MIXTE
Papier issu de sources responsables
FSC® C108412

Pour limiter l'empreinte environnementale de ses livres, HarperCollins France s'engage à n'utiliser que du papier fabriqué à partir de bois provenant de forêts gérées durablement et de manière responsable.

Imprimé en Espagne.